NOUVELLES

d'écrivains québécois

© 2000, QUÉBEC LOISIRS INC.
Dépôt légal – Bibliothèque nationale du Québec, 2000
ISBN 2-89430-454-4

Imprimé au Canada

NOUVELLES
d'écrivains québécois

Sous la direction de :
Lyane D. Blackman

Avec la collaboration de :
Diane Blanc
Sophie Morin
Francine Poisson

ÉDITIONS QUÉBEC LOISIRS

Remerciements

« Vingt ans au service de la culture. » Ceci grâce à de talentueux auteurs et à leurs maisons d'édition. Cette étroite collaboration nous a permis, au fil des ans, de réaliser d'innombrables projets et de faire de notre club ce qu'il est devenu.

Nous tenons ici à vous exprimer tout particulièrement notre reconnaissance, chers éditeurs, pour votre aimable participation à l'élaboration de ce recueil. Sans votre précieux concours, cette œuvre n'aurait jamais pu voir le jour. Mille fois merci!

Éditions Flammarion
Éditions JCL
Éditions Libre Expression
Éditions de la Pleine Lune
Éditions Québec/Amérique
Groupe Ville-Marie littérature
Guy Saint-Jean Éditeur
Lanctôt Éditeur
Leméac Éditeur

Mot du président

Ce recueil célèbre avec enthousiasme le vingtième anniversaire de Québec Loisirs. Nous avons ainsi voulu contribuer une fois de plus au rayonnement de la littérature québécoise. Nous souhaitons que ce recueil soit gardé jalousement dans votre bibliothèque.

Nous tenons à remercier chaleureusement tous ceux qui ont collaboré à ce recueil, et d'abord, bien sûr, les vingt écrivains québécois, qui ont concocté leurs nouvelles pour l'occasion. Tous ces auteurs ont déjà publié au moins un livre chez Québec Loisirs et plusieurs d'entre eux se sont fait connaître de cette façon. Nous en retirons beaucoup de satisfaction.

Nous remercions également leurs éditeurs respectifs, avec qui nous travaillons étroitement jour après jour depuis vingt ans. Nous apprécions grandement leur savoir-faire et leur dévouement.

Finalement, un grand merci à l'Imprimerie Transcontinental pour sa précieuse contribution et le très beau travail accompli dans la réalisation de ce recueil.

Vous tenez maintenant entre vos mains, chers membres, le résultat de cette grande aventure. Nous espérons que vous l'apprécierez et que, grâce à vous, le talent de tous ces excellents créateurs québécois sera encore mieux reconnu.

Régis Éthéart
Président de Québec Loisirs

Table des matières

Table des matières (suite)

Jeanne,
la princesse des pommes

Mario Bergeron

Je rêve de ce jour depuis si longtemps! Et comme mon frère Adrien le sait, il a couru le long des rues Notre-Dame, Saint-Philippe et Bureau pour arriver à bout de souffle près de moi et me confier, triomphant : « Ça y est, Roméo! Le bateau de pommes des Rouette est arrivé! Mais ils m'ont dit qu'ils ne resteraient que deux jours. » Le bateau de pommes des Rouette! Mon enfance! Celle de mon père Joseph, de mon grand-papa Isidore et sans doute celle de son propre père, Étienne le bossu. On dit que l'enfance me quitte. Je le sens si bien, parfois... Mais il me reste celle de Jeanne! Et je sais, avec tant de délices, qu'il n'y a rien de plus précieux dans le cœur de ma petite sœur qu'une visite au bateau de pommes.

Je la surveille de près, pour empêcher qu'une autre fillette ne lui apporte la rumeur de cette arrivée. Elle berce sa catin, avant de lui préparer une excellente soupe au sable, avec de délicieuses roches aussi grosses que des morceaux de tomate. Ensuite, après un soupir, elle prend une petite branche d'arbre et dessine dans la terre le visage de sa poupée. J'approche, regarde, m'émerveille, dépose mes mains sur ses épaules, me penche pour humer sa douce peau et me mirer dans ses beaux yeux, aussi jolis que les plus belles billes.

« Pourquoi ne dessines-tu pas avec tes crayons?
— Je n'ai plus de papier.
— Il n'y en a pas dans le restaurant?

— Louise ne veut pas que j'entre, parce qu'elle fait le grand barda.

— Demain, nous irons acheter une tablette et un beau crayon neuf chez Fortin.

— C'est vrai? Et pourquoi ne pas y aller tout de suite?

— Afin de te donner une nuit pour rêver à tous les jolis dessins que tu feras grâce à ce crayon et à ce papier.

— Et tu m'écriras une histoire et je dessinerai sur tes feuilles.

— La plus belle histoire, ma Jeanne. C'est promis. »

Après le chant du coq, Jeanne s'empresse de sauter dans mon lit pour me raconter son rêve. Nous nous cachons sous les couvertures pour mieux nous entendre murmurer. Soudain, le pas sévère de notre sœur Louise transforme nos rires en étouffements. Elle tire les draps et chasse Jeanne. Mains sur les hanches, Louise me parle encore du scandale d'accueillir ma petite sœur dans mon lit. Je l'écoute les yeux mi-clos et ne pense qu'au moment où elle se retournera pour que je puisse lui tirer la langue.

Jeanne fait des bulles en collant ses petites lèvres roses dans le plat d'eau savonneuse qui doit, avant tout, servir à lui débarbouiller la frimousse. Maman la rappelle à l'ordre, mais mon père lui reproche de la gronder pour rien. Adrien et moi échangeons un regard complice, avant d'attaquer notre lard et nos rôties. Papa me demande si je veux bien aller acheter des concombres au marché aux denrées, car il n'y en a plus pour les repas des clients de notre restaurant *Le Petit Train*. Quelle heureuse coïncidence!

Maman fait porter à Jeanne sa plus belle robe. Elle ne voudrait pas que sa petite fille paraisse pauvre au grand marché et au magasin Fortin. Louise la coiffe avec vigueur et Jeanne miaule « Aïe! Aïe! Aïe! » à chaque coup de brosse dans ses soyeux cheveux noirs. Après ces dix minutes d'intenses souffrances, Jeanne sautille près de la porte et me tend la main en bougeant sans cesse chacun de ses doigts. J'y dépose la mienne avec un frisson.

Je marche doucement pendant qu'elle tire, impatiente de voir tous les concombres du marché, d'avoir sa tablette et son crayon.

Je la fais ralentir en lui racontant la légende de monsieur le concombre distingué, désireux d'épouser madame la laitue. Elle rit davantage et presse le pas. Je joue mon rôle de grand frère en lui rappelant de bien regarder à droite et à gauche avant de traverser la rue. Les cochers d'aujourd'hui sont si imprudents.

Jeanne ralentit quand nous abordons la rue des Forges. Elle regarde les maisons et les commerces, pointe tout du doigt et du nez, salue les autres petites filles et fait des grimaces aux garçons. Chaque pas nous rapproche d'un beau moment que nos cœurs partagent : la visite des charrettes des agriculteurs de la place du marché. Ils sont arrivés de Nicolet, des paroisses de la rive sud par le train de l'Arthabaska, avec leurs fruits, leurs légumes, leurs poules, leur artisanat, leurs vieilles pipes de plâtre et leurs exclamations vantardes pour nous confirmer, à nous, pauvres citadins ignorants, que leurs patates sont les plus prodigieuses de tout le vingtième siècle. Voilà l'étal de concombres tenu par l'énorme épouse d'un paysan maigre. Je laisse à Jeanne la lourde responsabilité de choisir.

« Celui-là.

— Mais il est tout petit.

— C'est un bébé concombre. Le fils de madame la laitue.

— Tu as bien raison!

— Et celui-là aussi. Il est drôle, non? Il a un beau sourire de concombre. »

Après la beauté de l'odeur de la section des paysans, nous nous passons de l'horreur des bouchers, à l'intérieur du grand édifice de briques rouges. Ce printemps, papa y avait emmené Jeanne et elle n'avait cessé de se pincer le nez, jusqu'à ce qu'elle voie une tête de cochon plantée sur un baril. Ce spectacle l'avait fait éclater de rire. Je n'ose pas lui dire que je m'étais évanoui dans les mêmes circonstances, quelques années auparavant. Je garde le secret, sinon je ne serais plus son roi, son géant, son héros, son homme.

Les concombres ont un étourdissement alors que Jeanne

balance le panier où ils sont tenus prisonniers. L'enthousiasme d'avoir enfin du papier et un crayon neuf la fait accélérer vers la rue Notre-Dame et le grand magasin Fortin. Elle m'échappe pour courir avec précision vers le comptoir de papeterie. Elle m'y attend en battant du pied, désigne du doigt une couronne de crayons. L'un d'eux ignore que bientôt sa mine agonisera sous la forme des plus beaux dessins, qu'une fillette de huit ans créera avec délices. Le papier et le crayon se couchent sur les concombres, et Jeanne observe, émerveillée, une peinture de paysage sur le mur. Je me penche pour lui souffler à l'oreille qu'un jour prochain elle en fera de bien plus belles et que des milliers de gens accourront pour les admirer. Elle serre les lèvres et, dans l'espoir de ses grands yeux, je vois qu'elle partage ma conviction. En sortant, elle me tire la main en direction du parc du Petit Carré. Je la laisse s'asseoir par terre, se déchausser bien à son aise et tout de suite me dessiner son rêve de la nuit passée. À ma grande surprise, elle me reproduit rapidement le bateau de pommes des Rouette, comme si elle avait deviné que la saison des fruits venait d'arriver.

« C'était ton rêve?
— Oui.
— Tous les rêves se réalisent, Jeanne. Allons tout de suite au bateau de pommes. Il est au quai et nous attend. »

Le panier roule sur l'herbe et je crie pour freiner l'empressement de ma petite sœur. Elle s'ancre au sol, tournoie sur elle-même, sautille, chante la gloire des pommes, tend avec impatience ses bras, alors que je replace les concombres, la tablette et le crayon dans le panier d'osier. Pour calmer sa trop grande hâte, je la transporte sur mes épaules, qu'elle transperce en bougeant sans cesse ses jambes.

Maintenant que je suis grand, je vois qu'il est tout petit, le bateau des Rouette. Et je suis heureux de savoir que, pour la minuscule Jeanne, aucun vapeur royal, aucun transatlantique ne vaut l'immensité de la péniche du père Thomas Rouette. Ses fils Trefflé et Xavier nous accueillent comme les meilleurs clients : « Tiens! Voilà la poupée Jeanne Tremblay avec son ange gardien Roméo! » Je tends la main comme le père que je deviendrai, emmenant un jour ma petite fille vers le trésor rougeâtre afin qu'elle choisisse une pomme, une seule. Jeanne en voit des millions. Moi, je suis bien déçu de n'en apercevoir qu'un tout petit nombre. « On a des problèmes de vers, cette année. La récolte est menacée. Nous avons pu sauver celles-là », de m'expliquer Xavier, l'air découragé.

Jeanne se mire dans le reflet de la plus grosse, si petite en comparaison de ses yeux émerveillés. Ils deviennent de minces filets quand elle fait l'énorme effort d'y croquer. La première bouchée mastiquée, les yeux reprennent leur forme d'origine, avec un éclair de bonheur qui les zèbre. Elle répète sans cesse le manège pendant que les frères Rouette continuent à parler des problèmes de vers. « Viens constater toi-même, Roméo. Tu as le temps? »

Un voyage sur le bateau de pommes! À l'âge de Jeanne, j'y rêvais chaque jour. Un périple qui nous mènera dans le verger des Rouette, à Pointe-du-Lac! Jamais je n'aurais pu imaginer plus belle réalité pour voir Jeanne rayonner! Je la tiens fort entre mes bras, alors que devant nos yeux le port de Trois-Rivières rétrécit. Quand il disparaît, Jeanne cesse de regarder pour sourire aux pommes. Elle pense sans doute que ce trésor lui appartient. Elle en croque une autre alors qu'elle s'amuse à voir l'écume de l'eau du fleuve Saint-Laurent tourbillonner le long de la coque de la péniche. Elle me demande si les poissons se nourrissent de pommes. Tant que tu l'imagineras, ma belle.

Je lui raconte que c'est en bateau que sont venus de France nos ancêtres. Un lointain Tremblay est arrivé au bourg des Trois-Rivières, pour la plus grande gloire de Dieu et de Sa Majesté. Il y a sans doute épousé une Fille du Roi qui portait le prénom de Jeanne. « Est-ce qu'elle mangeait des pommes? » demande-t-elle avec candeur. Peu impressionnée par ma leçon d'histoire, Jeanne ferme les yeux et essaie d'imaginer ce que peut être un verger. « Des pommes d'arbres! Allons, Roméo! Tu sais bien qu'elles poussent sur les bateaux! »

Sa bouche dessine un O parfait quand elle voit le grand champ d'arbres où sont accrochées des milliers de pommes, comme les lanternes lumineuses aux clôtures du Petit Carré. Elle se demande ce que ces pommes font là, de quelle façon elles y ont grimpé et comment les faire tomber. « Pommes! Pommes! Venez, les jolies! » chante-t-elle, comme si elle s'adressait à des chiots. Je la prends, la maintiens en équilibre au bout de mes bras, et sa petite main droite atteint en un cri triomphant le trésor rouge. Revenue sur le plancher des vaches, elle s'empresse de croquer. Mais elle crache aussitôt, laisse tomber le fruit, recule de dix pas. « Je te l'avais dit qu'une pomme d'arbre ne vaut pas une pomme de bateau! » En effet... Qui s'y cache? Un ver minuscule et blanchâtre fait sursauter Jeanne qui, tout de suite, me tire le bras pour retourner à Trois-Rivières. Xavier et Trefflé m'expliquent le drame de devoir jeter tant de pommes souillées, leur crainte d'en laisser échapper une qui causerait scandale chez un client trifluvien. Pendant ce temps, Jeanne s'est couchée pour mieux examiner le ver.

« Hé, petite fille! Cesse de me regarder comme ça, tu me gênes!

— T'es pas beau, ver de pomme d'arbre! Je ne t'aime pas!

— Ces pommes sont pour nous! Elles sont nos maisons et notre garde-manger! Chaque année, les Rouette nous enlèvent nos pommes pour aller les vendre aux enfants de la ville! C'est fini, tout ça! Maintenant, nous sommes les maîtres! »

Que fait-elle? « Jeanne! Lève-toi! Tu vas salir ta robe! » Mais... la voilà qui parle à cette pomme! Amusé, je me penche à mon tour. J'entends une mince voix sortir du fruit. « Pitié! Pitié, Roméo! Débarrasse-moi de ce ver, sinon je ne pourrai plus aller faire le bonheur des petits de Trois-Rivières! » Une pomme qui parle! Jeanne m'affirme plutôt avoir tenu une conversation avec le ver. Nous discutons de cette tragique situation. Comment sauver les pommes et ne pas laisser les vers sans maisons? Quel dilemme! Avec mon canif, je découpe prudemment quelques pommes. Jeanne écoute les vers et je tends l'oreille aux fruits. Toujours leurs plaintes sont les mêmes.

« Frédérique! Frédérique! Frédérique! » entend-on soudainement. Jeanne lève la tête et voit un bruant à la jolie gorge blanche. « Je ne m'appelle pas Frédérique, oiseau! Je suis Jeanne Tremblay! » Le bruant descend vers nous, se pose sur la main de ma petite sœur et, tout en battant des ailes, explique que, depuis que les vers se cachent dans les pommes du verger, sa famille n'a plus rien à manger et que nous seuls pouvons régler ce problème.

« Quel casse-tête! Est-ce que toutes les créations de la nature vont s'en remettre à nous?
— T'as raison, Roméo!
— Frédérique! Frédérique! Mais s'il n'y a plus de vers pour nourrir les oiseaux, qui viendra chanter au Petit Carré pour enchanter les enfants qui mangent les pommes sans vers des Rouette? Frédérique! Frédérique! Vous seuls pouvez nous aider! Frédérique! Frédérique!
— Je t'ai dit que je m'appelle Jeanne, bon! »

Jeanne soupire, irritée par le bavardage incessant du bruant. Elle s'en va à pas décidés réfléchir sous un arbre voisin. De ma position, je vois une pomme lui tomber sur la tête. « Frédérique! Frédérique! Vite! Ta petite sœur est assommée! » Comme elle devait être lourde, cette pomme! Voilà Jeanne au pays des p... Pauvre enfant! Vite, je cours vers la maison des Rouette pour chercher de l'eau afin de la ranimer. Mais quand je reviens, je ne la trouve plus. Je cherche partout, alerte Trefflé et Xavier. Plus de Jeanne! Que faire? Et ce bruant qui ne cesse de me bourdonner autour des oreilles! J'interroge les pommes et l'une d'elles me dit qu'elle a vu des bruants soulever Jeanne de terre pour l'emmener loin, très loin, au fond de l'horizon.

« Frédérique! Frédérique! Je te le dis depuis tantôt, et tu ne m'écoutes pas, Frédérique! Ma famille a emmené la petite Frédérique vers la forêt magique où habite Son Altesse le Hibou. Ce grand sage a depuis longtemps la solution à nos maux, mais seule la plus belle petite fille du monde entier peut l'exécuter, Frédérique! Frédérique!

— Un hibou? Mais les hiboux ne vivent que la nuit! Mes parents vont s'inquiéter si je ne rentre pas avec Jeanne. Où est cette forêt magique?

— Suis-moi, Frédérique! Je te guiderai, Frédérique!

— Je m'appelle Roméo, petit oiseau! »

Je cours le nez vers le ciel, ne perdant pas du regard le vol gracieux du bruant. Je traverse les plaines et les boisés avant d'arriver, à la tombée de la nuit, dans la forêt magique. Je ne prends pas le temps de saluer le lapin à lunettes, le renard rusé, ni même ce loup déguisé en grand-mère. Je n'ai que faire de ces légendes quand Jeanne est peut-être en danger!

Que voilà une réunion impressionnante! Son Altesse le Hibou préside, régnant sur la plus haute branche. Ses yeux scintillants regardent Jeanne, alors que des douzaines d'autres hiboux l'imitent. « Le grand secret? La solution? J'ai bien dit aux bruants que je ne les révélerais qu'à la plus belle petite fille du monde, hou! Et qu'est-ce qui me prouve que tu l'es, Jeanne Tremblay? » Quel regard sévère! Quelle voix effrayante! Je sens Jeanne prise d'une grande peur. Elle soupire sans cesse. Puis, elle prend courage, sourit, cligne des paupières, fait une révérence, danse comme une petite ballerine de coffre à bijoux, rit en cascades. En vain! Ces si merveilleuses scènes ne prouvent pas au hibou qu'elle est la plus belle fillette. « Cela suffit, hou! Petite impertinente! Je te donne une dernière chance pour me prouver que tu es la plus jolie! Sinon, tu n'auras pas la solution qui chassera les vers des pommes pour les mettre dans les becs des bruants! Hou! Une seule autre chance! »

Jeanne est désemparée, ne sait plus que faire. Je la sens sur le point de pleurer, ce qui, il est certain, ne la rendra sûrement pas très belle aux yeux de Son Altesse le Hibou. La solution me frappe avec une vitesse inouïe! Vite! Je me lance vers elle, la prends dans mes bras. « Roméo! » crie-t-elle, heureuse. Et son sourire, son regard, tout son être resplendit tant qu'une grande lumière éclaire quelques secondes la forêt magique.

« Voilà, en effet, la plus belle petite fille du monde. Je consens, demoiselle, à te révéler le grand secret.

— Merci, monsieur Hou! »

Au matin, grâce aux gentils bruants, nous sommes de retour dans le verger des Rouette, où la plainte incessante des pommes qui se font dévorer par les vers me glace le sang. Mais quel est donc cet extraordinaire secret dont Jeanne est maintenant porteuse? Elle prend son panier, en sort le crayon et la tablette et dessine une pomme. Puis elle recule et, mains tendues vers son œuvre, récite une bien étrange formule : « Ratata pomme! Hou! Hou! Vers le ver vert de verre et Frédérique! Frédérique! Frédérique! » Dès cet instant, de la tablette de Jeanne grandit à une vitesse vertigineuse une immense pomme. Aussitôt, tous les vers quittent les pommes et les bruants les capturent. Les survivants se régalent du fruit géant et les pommes des Rouette soupirent de satisfaction, heureuses de pouvoir enfin panser leurs blessures. Elles nous font un tintamarre de remerciements et, parfois, nous voyons sortir de la pomme géante un ver très gras qu'une maman bruant apporte tout de suite à ses enfants. Trefflé et Xavier, contents, disent que ces vers en auront pour toute la saison avant de manger entièrement cette pomme énorme. Les fruits de leur verger auront le temps de redevenir beaux et juteux, pour la plus grande joie des enfants de Trois-Rivières.

« C'est merveilleux, Jeanne!

— Pourquoi?

— Ce grand miracle! Pense à toutes les filles et à tous les gars de notre ville qui pourront manger de belles pommes grâce à toi!

— Non, c'est grâce à ton crayon et à ta tablette.

— C'est parce que tu as été la plus belle petite fille auprès de ce hibou.

— Si j'ai été la plus belle, c'est que tu as su lui montrer combien tu m'aimes. C'est ton amour qui m'a rendue la plus jolie. Vite! Retournons à la maison! Maman, papa, Louise et Adrien doivent s'inquiéter! »

Leur bateau débordant de pommes, les Rouette sont ravis de nous ramener à bon port. Jeanne lèche une belle rouge, alors que je vois passer dans le ciel une nuée de bruants dont j'entends la symphonie de « Frédérique! Frédérique! » Ah! pour être bavards, ils le sont! Car dès notre arrivée, tous les enfants de Trois-Rivières nous accueillent. La fanfare de l'Union musicale se fait entendre, pendant que monsieur le maire Normand attend son tour pour nous offrir un discours interminable, à la fin duquel il déclare Jeanne princesse des pommes. Tous les enfants applaudissent, alors que deux fillettes aux cheveux d'ange tendent à Jeanne sa robe de princesse. Quel bonheur! Mais... Pourquoi pleure-t-elle?

« C'est une belle histoire et un honneur que tu mérites, ma princesse.

— J'ai oublié mon panier et les concombres à Pointe-du-Lac! Papa ne sera pas content! »

Quelle nuit merveilleuse j'ai passée! J'ai rêvé de Jeanne, de sa grande surprise lorsqu'elle verra le bateau de pommes des Rouette, de sa joie d'avoir bien à elle une tablette et un crayon neuf. Comme chaque matin, Jeanne court vers mon lit, fait fi de l'autorité de Louise pour se glisser sous mes couvertures. Ce matin-là, elle me montre un dessin d'elle-même avec une belle robe de princesse et, derrière son épaule, la péniche des Rouette.

« Où as-tu pris ce papier?
— Un hibou me l'a donné.
— Et le crayon?
— Un Frédérique avec une gorge blanche l'avait dans son bec.
— Et pourquoi as-tu dessiné le bateau de pommes des Rouette?
— Je sais qu'il est au port. Louise me l'a dit, hier soir. On va y aller, hein, Roméo?
— Oui, bien sûr, ma Jeanne.
— Et pour accompagner ce dessin, tu vas m'écrire une belle histoire qui va s'intituler *Jeanne, la princesse des pommes*. »

MARIO BERGERON

NOTICE BIOGRAPHIQUE

Mario Bergeron est né à Cap-de-la-Madeleine en 1955. Après avoir travaillé huit années dans le domaine de la radio professionnelle, il reprend les études en 1993. Il obtient ainsi trois diplômes universitaires en histoire et en enseignement de l'histoire.

Parallèlement à ces études, il se consacre à la rédaction d'une série de six romans à saveur historique, dans lesquels il raconte le XXe siècle urbain du Québec à travers la vie du personnage fictif Roméo Tremblay, centenaire de Trois-Rivières.

Le Petit Train du bonheur paraît en 1998, aux Éditions JCL de Chicoutimi. Il est suivi de Perles et Chapelet en 1999, puis de L'Héritage de Jeanne en 2000. Les autres tomes suivront à raison de un par année.

Premier titre publié par Québec Loisirs :
Le Petit Train du bonheur
Quatrième trimestre 1998

PHOTO : Les Éditions JCL

Auguste et Hortense

René Boulanger

Dans la nuit hallucinante de décembre, elle court haletante, éperdue, tenant son châle d'une main, écartant les branches de l'autre. À travers bois, elle pourrait échapper au soldat qui lui avait sabré le visage. Un chêne, des cerisiers, une ornière, elle tombe dans la boue, se relève. La lune éclaire sa face ensanglantée et projette son ombre sur la toile blanche de neige qui peut la trahir. Les vêtements arrachés, déchirés, elle fuit comme une bête sauvage traquée par un monstre humain.

Se croyant sauve, elle se retourne enfin pour voir le village en flammes qui découpe le ciel comme une fresque écarlate. Les cris de détresse mêlés à des rires sardoniques frappent ses tympans presque aussi fort que l'hécatombe des patriotes passés par les armes après l'assaut du village par les troupes anglaises. Son père est-il mort là-bas, avec le docteur Chénier qu'elle a vu fauché par la mitraille en se sauvant de l'église incendiée?

À Saint-Hermas, les vieux sont réunis chez le forgeron, qui laisse vivre son fourneau pour réchauffer le cercle d'amis. Des jeunes gens se joignent à eux, à mesure que la nuit progresse. À Saint-Eustache, la bataille est finie depuis trente heures, mais les fusils de Colborne tirent encore dans une frénésie de massacre, semble-t-il. Deux villages et trois hameaux brûlent maintenant, le pillage apparaît organisé. Il ne faudrait pas longtemps avant que la meute affamée de loyalistes arrive à Saint-Hermas.

— C'était à craindre, lance l'ancêtre Dumouchel en s'approchant du crachoir. Parsonne sait pu se battre. C'est pas comme nos anciens. Y en ont tué des Anglas, y connaissaient la guerre!

— Toé, tu connas rien! T'es un vieux fou! réplique le forgeron en reprenant son crachoir. De toute façon, y est trop tard, c'est faitt!

Tout le monde cherchait des causes, des explications, des fautes! Qui était coupable? L'Anglais ou le patriote? L'un pour avoir vaincu, l'autre pour avoir perdu!

Vers trois heures, la jeune fille entre dans la forge qui déborde, tout comme l'auberge et l'église, des réfugiés des autres villages. Son regard de louve en furie crispe la place dans un silence presque macabre. La peur révèle sa présence. Son visage plus rouge que le feu de la forge apporte soudain la colère au milieu du désarroi des combattants. Le vieux forgeron reconnaît Hortense, la fille de Charles-Eugène, son neveu. Il lui offre de l'amener à la maison qu'on a réservée aux femmes pour le temps de la peste guerrière, cette folie assassine apportée par les marchands anglais assoiffés de terre et d'argent. Hortense refuse, se lave le visage dans l'eau ferreuse de la bassine de trempe puis passe sa main sur la plaie qui lui a strié le front et la joue. Elle s'aperçoit, effarée, qu'il lui manque un morceau d'oreille. Puis elle s'approche du feu pour réchauffer ses pauvres pieds. En la voyant sans souliers, le forgeron demande qu'on aille chercher le médecin. Elle risque la gangrène si le froid a trop mordu dans la chair. Hortense, la voix éteinte, lui demande plutôt un manteau et des bottes, car elle a promis à sa mère de ramener son père parti se battre avec les hommes de Saint-Benoît.

— Saint-Benoît? Mais regarde, ma petite Hortense.

Le forgeron lui montre par une fenêtre la grande brûlure qui signe dans le ciel la condamnation du village de Saint-Benoît.

— Elle est pas là, riposte Hortense, on doit se retrouver à la ferme du Séminaire avec mes frères et mes sœurs.

Déguenillée, mais enfin vêtue chaudement, Hortense s'empare du morceau de pain que lui tend le forgeron puis disparaît à nouveau par la porte qui donne sur la nuit infernale. Des hommes veulent l'accompagner, le forgeron les arrête, alléguant que tous seraient fusillés, sitôt découverts. Il considère un moment son petit apprenti qui déploie une force au-dessus de son âge mais possède encore un corps d'enfant.

— Va avec elle, dit-il, toi, tu pourras passer!

Auguste détale aussitôt par la porte cochère et court à en perdre le souffle. En entendant sa respiration de cornemuse, Hortense se jette dans un buisson.

— C'est moi, Auguste, ton cousin, lui crie-t-il.

Elle lui lance un juron, reprend sa route, ils marchent ensemble vers l'horreur.

Le jour se lève sur les ruines de Saint-Eustache, livré à la vengeance des British Volunteers. Remarquant que les pillards quittent les lieux, Auguste et Hortense abordent le village en suivant calmement un officier, qui se retourne soudain pour les chasser comme on éloigne un chat. Eux s'arrêtent puis le suivent à nouveau en comptant que les soldats n'oseront s'en prendre à des jeunes gens qui marchent dans le sillage d'un officier. Çà et là, entassés en paquets, des prisonniers battus et maltraités attendent la charrette qui les amènera au geôlier. Des femmes relâchées par les soudards assouvis cherchent leur famille aux quatre coins de la ville en cendres.

Auguste et Hortense approchent maintenant de l'église où sont alignés les corps en partie brûlés des soixante patriotes. C'est là qu'il faut aller, même si des soldats en interdisent l'accès. Hortense s'approche doucement du plus jeune soldat pendant qu'Auguste maintient une distance prudente.

— Mon père, je cherche mon père, dit-elle.

— *What?*

Elle montre les cadavres. Le soldat comprend mais ne se laisse pas fléchir. Il essaie de l'éloigner mais elle accélère le pas et fait le recensement rapide des visages, qu'elle reconnaît si mal toutefois à cause des brûlures qui ont causé leur mort. Pourtant elle retrouve son père, la tête carbonisée, et l'identifie par la ceinture de laine tissée par sa mère, unique par ses motifs. Une partie du vêtement est restée intacte et décore le corps calciné comme une fleur céleste. Hortense s'agenouille aux pieds du défunt puis touche son crâne percé d'une balle. Auguste et le jeune soldat la voient verser des larmes.

Un sergent, qui la remarque soudain, crie : « Attention, elle mord. » Hortense reconnaît le sadique qui a obligé les femmes de son hameau à se déshabiller pour jeter leurs vêtements dans les maisons en flammes. C'est lui qui la pourchassait la veille. Maintenant elle n'allait pas fuir, elle lui lance un regard vengeur chargé de colère. La face soudain plus rouge que son uniforme, le sergent pointe son fusil, lui tire une balle dans le genou puis éclate d'un rire idiot en la voyant tomber.

Le cri d'Hortense, qui se convulse de douleur, plonge Auguste dans une paralysie momentanée. La surprise, la frayeur et la rage se succèdent en lui comme trois éclairs qui frappent le même arbre. Il sent soudain le désir de tuer, il aurait le temps avant que l'autre ne recharge son fusil. Avec une main, il lui briserait le cou. Mais d'autres soldats arrivent, Auguste ne peut arrêter seul ce que deux cents patriotes n'ont pas réussi à arrêter la veille. Il se rappelle qu'il est là pour Hortense, pour la ramener à la forge si on lui fait du mal. Elle essaie de se relever, il la saisit alors d'un geste vif puis la met sur son épaule presque sans effort et s'éloigne de l'église d'un pas rapide qui surprend les oppresseurs. Soudain, il sent une brûlure dans son dos, un tonnerre dans ses oreilles. Il tombe par terre, le visage collé sur celui d'Hortense, la bouche près de ses yeux, de sa balafre affreuse.

— T'es belle, Hortense, lui murmure-t-il.

Il met sa grosse main de forgeron sur la joue de la jeune fille. Elle sent la douceur de ce géant au corps d'enfant, tout l'amour qu'il porte en lui, comme un volcan qui soudain s'éteint. Le sergent vient contempler son trophée de chasse, il pose sa botte sur la bouche d'Auguste puis lui enfonce la tête dans le sol. C'est comme planter en terre la tige d'un jeune arbre, celui des révoltes futures.

Puis il saisit Hortense par les cheveux et la traîne dans le village en invitant ses amis à voir un bon spectacle. Il l'emmène à l'auberge où, dans la grande salle, les chirurgiens de l'armée ont procédé à la dissection du corps d'Olivier Chénier, le chef de la bataille de Saint-Eustache. Toute la nuit, une bande s'y est soûlée pour fêter la victoire sur l'infâme rebelle dont le cœur pend à côté de sa poitrine ouverte. Le sergent installe la jeune fille à une table et commande du rhum pour sa douce.

— Un verre ou un tonneau? lui demande un caporal en riant. C'est gratuit!

Le sergent remarque qu'Hortense fixe le cadavre du docteur Chénier avec une sorte de pitié et d'admiration. Il croyait lui faire vivre le dégoût, pour qu'elle sache comme les autres ce qu'on doit attendre de l'insoumission. Déçu et irrité, le sergent prend sa baïonnette, détache le cœur du patriote et l'embroche pour l'exhiber. Il le dépose sur la table sous les yeux d'Hortense. Cette fois, il remarque une expression d'aversion. Maintenant, il se sent victorieux à nouveau. Enfin, ils vont finir par comprendre ces bâtards de French Pea Soup. Heureux, exalté, il sort dans la rue pour impressionner la populace avec sa macabre relique. Il rit, saute de joie. Son bonheur est immense.

Ce soir-là, Hortense rejoint sa mère à la ferme du Séminaire. Des religieux l'accueillent et la soignent, ils l'installent dans la chambre réservée aux visiteurs ecclésiastiques. Défigurée, la rotule éclatée, elle s'endort avec le visage d'Auguste incrusté en un souvenir immortel. Le rêve lui redonne vie, il se relève, sans crainte des balles, il est si fort pour son âge. Il l'arrache des mains du bourreau puis se sauve avec elle, frappant d'une main puissante tous ceux qui veulent lui enlever sa belle Hortense. Le jour de ses seize ans, il lui apporte un coffret serti de pierres précieuses. Hortense l'ouvre et prend dans ses mains le cœur d'Olivier Chénier qui se remet à palpiter tout à coup, sous la force de son amour. Peut-être avait-il toujours continué de battre, malgré la haine, malgré la mort, malgré la féroce colère du conquérant!

Hortense dort longtemps, très longtemps. Elle continue à chercher son père, sa mère l'attend. Cette balafre au front, ce sang qui lui a collé les paupières, combien de temps faudra-t-il pour réparer la blessure?

Après trois jours de sommeil, un éclat du soleil d'hiver vient réchauffer la chambre. Elle se réveille en grimaçant, sa jambe lui fait atrocement mal. Un petit homme allongé sur un autre lit la regarde avec un air de malice. La poitrine recouverte de larges pansements, Auguste se redresse dans son lit.

— T'es belle, Hortense!

Hortense lui sourit. Elle se traîne jusqu'à lui sur une jambe, puis lui touche la poitrine. Elle se penche pour y coller son oreille meurtrie, puis elle écoute battre ce cœur!

René Boulanger

NOTICE BIOGRAPHIQUE

Né en 1951 en Mauricie, issu d'une famille ouvrière, René Boulanger a vécu une jeunesse turbulente marquée par son implication dans les luttes syndicales et populaires. Formé en littérature et en cinéma à l'UQAM, il a choisi de devenir écrivain de la condition québécoise. Il a publié deux romans chez VLB : *Rose Fenian* et *Les Feux de Yamachiche*, qui tous deux étudient le rapport entre la situation historique et la déchéance de l'individu confronté à une puissance qui broie la liberté, en l'occurrence l'impérialisme britannique. Partagé entre la Mauricie de Jacques Ferron et le Montréal de Gaston Miron, il vit l'été à la campagne et l'hiver à la ville, découvrant dans le métier d'écrivain la possibilité de vivre en homme libre. Il travaille actuellement sur des projets de films et prépare un prochain roman qui portera sur la folie. L'amour et la liberté résument en deux mots ce qui oriente sa vie et détermine ses valeurs. Cela fait un écrivain de combat qui toutefois ne sacrifie rien à l'art. Car cultiver la beauté est un acte révolutionnaire dans ce monde de la barbarie financière.

Premier titre publié par Québec Loisirs :
Les Feux de Yamachiche
Troisième trimestre 1998

PHOTO : Josée Lambert

L'ami

Stéphane Bourguignon

Je n'étais pas ce qu'on peut appeler un beau garçon. Mais je n'étais pas vilain non plus. Juste ordinaire, comme des centaines de garçons. Seulement, et pour une raison que j'ignore encore aujourd'hui, les filles adoraient ma compagnie. Elles me voulaient toutes.

En fait, c'est faux, j'avais bien quelques pistes. Il faut dire que j'étais sensible et attentif aux besoins des autres, que j'aimais plus que tout au monde écouter les femmes parler et les regarder retoucher leur coiffure ou ajuster leurs vêtements. J'aimais leur délicatesse et j'étais à genoux devant leur grâce.

Je crois qu'elles le sentaient et dès que j'entrais quelque part, elles étaient toutes pour moi. Je me souviens encore de la première soirée chez Caroline, alors que moins de vingt minutes après mon arrivée j'avais l'attention de cinq ou six jolies filles – qui m'étaient jusqu'alors inconnues – tandis que les garçons du groupe me lançaient des regards obliques.

À cette époque, j'étais représentant pour une compagnie pharmaceutique – maintenant je suis directeur des ventes. Comme je gagnais pas mal d'argent, je pouvais me vêtir à mon avantage. De plus, j'avais un brin d'humour, j'étais propre, j'aimais les sorties, les enfants et les conversations profondes. Bon à marier, comme elles disaient toutes.

Elles le disaient en riant, bien sûr. Puis elles m'embrassaient sur la joue, me remerciaient pour la magnifique soirée et retournaient chez elles attendre celui à qui elles ouvriraient leur cœur, leurs bras, et, quelques instants ou quelques jours plus tard, leur blouse.

Au bout de huit ans d'« activités amicales », j'avais un réservoir inépuisable de filles, un réseau aux ramifications complexes dont chaque branche menait à un petit groupe de style et de classe différents. J'avais réussi à infiltrer six cercles de demoiselles – toujours déguisé en meilleur ami – chacun composé de trois à sept membres. Je pouvais quasiment sortir tous les soirs de la semaine pendant un mois sans croiser la même fille deux fois. On peut dire que je ne faisais pas les choses à moitié.

Bien entendu, je gardais toujours l'appartement éclatant de propreté, au cas où les choses tourneraient à mon avantage. Je passais l'aspirateur quotidiennement, je nettoyais les planchers de la cuisine et de la salle de bains à la grandeur aussitôt qu'une tache montrait son nez et je changeais les draps trois fois par semaine. Je prévoyais tout, tout, tout. Les bouteilles de vin, les chocolats et les valeureux préservatifs que je remplaçais automatiquement un mois avant la date de péremption. On n'est jamais trop prudent.

Je passais sous la douche deux fois par jour, je me rasais matin et soir, j'allais chez le coiffeur chaque semaine et je renouvelais ma garde-robe une fois l'an. Sans compter les achats inhérents aux changements de saison, bien entendu.

Une fille aurait pu débarquer chez moi n'importe quand, un mercredi matin à six heures ou un dimanche soir à minuit, j'étais fin prêt, à mon avantage, exhibant mon meilleur profil. Prêt et redoutable.

Mais cette situation n'était pas aussi parfaite qu'elle en a l'air. Il se produisait un phénomène étrange : une telle confiance s'était établie entre ces filles et moi que je ne pouvais plus faire un geste dit « entreprenant » sans risquer de les décevoir.

— J'ai été au cinéma avec André, hier. Tu sais ce qu'il a fait?
— Non, qu'est-ce qu'il a fait?
— Il a regardé ma poitrine!
— ...

— Je te jure! Il me regardait dans les yeux et, tout à coup, j'ai vu ses yeux descendre et remonter.

— Non, impossible. T'es sûre?

— Formelle.

Je ne pouvais pas prendre le risque de faire courir de telles ignominies sur mon compte. Ma vie sociale se serait écroulée d'un seul coup. Alors je restais bien sage à espérer secrètement que l'une d'entre elles tente quelque chose. Il y avait une vingtaine de filles mignonnes, intelligentes, bien en vie autour de moi, et j'étais en train d'en mourir.

Caroline. Caroline aimait me téléphoner le soir pour me parler pendant deux ou trois heures des types qu'elle rencontrait. Et même, souvent, elle me demandait des conseils pour les approcher ou les séduire. Et moi je lui en donnais.

Manon. Manon venait d'emménager; il y avait nombre de petits travaux à exécuter dans sa maison. J'attendais son appel pour embarquer mes outils dans la voiture et filer jusque chez elle. Manon était gentille avec moi. Disons que je lui installais un store, elle, elle s'assoyait par terre en Indien et elle entretenait la conversation. Souvent elle m'offrait une bière et, la plupart du temps, j'acceptais. Il lui arrivait même de s'en verser un peu dans un verre et je trouvais ça bien qu'elle le fasse à même ma bouteille.

Ghislaine. Après sa séparation, nourrissant quelques espoirs, je lui ai offert de mettre ses meubles en entreposage chez moi. J'ai condamné une chambre – elle me servait de bureau, en fait – pour accueillir une commode, un divan et une vingtaine de boîtes. J'étais content de faire ça pour elle. Et puis ça n'a duré que trois petites années. Après son second mariage – avec Sylvain, un garçon que je lui avais présenté –, elle m'a annoncé que je pouvais me débarrasser de tout le bataclan. Ce que je n'ai pas fait, convaincu qu'elle regretterait un jour d'avoir jeté tout ça. Ce qui s'est avéré exact le jour de son second divorce.

Claudine. Si on causait jusque tard dans la nuit, il lui arrivait de m'inviter à coucher. Elle m'apportait tout ce qu'il fallait et je m'installais sur le divan. Les couvertures ramenées jusqu'au menton, je la regardais passer de la salle de bains à sa chambre, tantôt avec une brosse à dents entre les lèvres, tantôt se frottant vigoureusement les mains pour faire pénétrer sa crème hydratante. Tout ça en petite culotte, évidemment. Sans commentaire.

Carole. Carole avait compris mon drame. Elle a donc décidé de prendre les choses en main et elle m'a présenté cinq filles en trois mois. Échec total : quatre d'entre elles sont devenues, malgré tous mes efforts, de très bonnes amies. La cinquième est morte d'un accident de voiture peu après notre rencontre. Pour être franc, et j'ai un peu honte de l'avouer, ça m'a soulagé. Malheureusement, à son enterrement j'ai fait la connaissance de deux nouvelles filles, Maude et Micheline, qui m'ont tout de suite adopté.

Puis Lyne est entrée dans ma vie, et tout a basculé. J'ai été foudroyé. Lyne, merveilleuse Lyne.

Un dimanche, alors que je sortais de la douche, ma troisième de la journée – on était en pleine canicule et je déteste sentir que je ne suis pas totalement frais –, le téléphone a sonné. C'était Lyne, merveilleuse, fantastique Lyne. Lâchement rejetée par un mauvais garçon, elle traînait de la patte depuis quelques semaines. Comme pour s'infliger un sérieux coup de fouet, elle venait de décider de repeindre sa cuisine. Elle voulait savoir si j'avais envie de passer lui donner un coup de main.

On s'y est mis en fin d'après-midi, dans une chaleur incroyable. Lyne faisait le découpage et moi le plafond et les murs. On s'amusait bien. Et puis on a commencé à boire de la bière.

C'est là, à proprement parler, que les choses se sont gâtées. Lyne était perchée sur l'escabeau et elle peignait le tour des armoires. À chaque fois que je devais tremper mon rouleau dans la peinture, je m'arrêtais pour lui regarder l'arrière-train. C'est une chose que je n'avais jamais faite auparavant, j'avais beaucoup trop de respect pour ces filles. Mais là, avec cette chaleur, avec la bière et ce maudit rouge partout autour de nous, j'ignore pourquoi, mais je n'arrivais plus à détourner les yeux de cette partie de son anatomie.

J'ai commencé à perdre le contrôle. Il faut dire qu'avec cette chaleur... Et la bière. Et ce satané rouge. Ce n'est pas compliqué, je voyais carrément ses fesses à travers son short en jean. Je les imaginais fermes mais pas trop, douces au toucher, parfaites pour la taille de mes mains. Et à cause de cette maudite chaleur, comment dire, je pressentais qu'elles étaient chaudes et aussi légèrement humides vers l'intérieur.

J'ai déposé mon rouleau dans la gamelle et j'ai mis ma bière de côté. Il fallait que j'aille à la salle de bains me passer de l'eau sur le visage. Je n'avais pas le droit de la désirer sachant qu'elle ne voulait pas de moi. Je suis revenu calmement avec l'intention de lui dire que je devais m'en aller, mais quand j'ai mis les pieds dans la pièce, la terre s'est arrêtée de tourner. Lyne en avait fini avec le haut, elle était maintenant à quatre pattes par terre, la tête dans l'armoire du bas. Et son postérieur, dans son petit short en jean si étroit, m'explosait littéralement au visage. Il m'appelait.

Je ne sais pas ce qui m'a pris. Avec cette chaleur impossible. Et cet intolérable rouge. Et la bière, il faut bien le dire. Je me suis carrément jeté sur elle. Comme un désespéré. Je l'ai ceinturée à la taille et je me suis vautré le visage dans son derrière. Elle a été si étonnée qu'elle s'est frappé la tête durement sous le tiroir à ustensiles. Elle a même ramené sa main sous le comptoir pour voir si elle saignait. Ça m'a donné quelques secondes de plus. Ensuite elle a gueulé : « Mais qu'est-ce que tu fais? » Je ne pouvais plus lâcher prise. Je ne voyais plus rien, je n'entendais plus rien, tout ce qui comptait c'étaient ses cuisses nues sous mes mains, son siège réconfortant contre ma joue. Il y avait huit années d'espérance dans ces deux fesses, tout l'amour que je contenais, toute la beauté du monde et surtout, surtout mon salut.

Quand elle a compris que je n'avais pas l'intention de m'arrêter, elle m'a repoussé d'un solide coup de pied et j'ai roulé sur le plancher. Mais elle est bien, Lyne, elle ne m'a pas fait de scène. Elle a gardé les yeux au sol tout le temps qu'il m'a fallu pour ramasser mes affaires.

Le lendemain, je ne suis pas allé au travail. J'étais si fatigué. Le jour suivant non plus. Mon patron était un type compréhensif, il m'a dit de ne pas m'inquiéter, qu'avec le boulot que j'abattais en temps ordinaire je pouvais bien prendre une ou deux journées – c'est son poste que j'occupe maintenant. Je suis resté chez moi une semaine, allongé. Puis j'ai repris le travail et, discrètement, lentement, j'ai coupé un à un les ponts avec toutes les filles de mon enviable réseau.

Aujourd'hui, ça fait presque quatre ans qu'on vit ensemble Lyne et moi. Tiens, justement, la voilà qui arrive. Dernièrement, je nous ai acheté une belle et grande maison avec toutes mes économies. Lyne mérite ce qu'il y a de mieux. Présentement elle enlève son manteau. Ouf! elle a l'air crevé.

— Allô, chérie.
— Allô, André. Ça va? Les travaux avancent comme tu veux?

Je lui fais signe que oui. Elle vient au salon déposer un baiser sur ma joue.

— Tu t'es amusée?
— Oui, pas mal. Excuse-moi de rentrer si tard...
— C'est rien, voyons, t'as bien le droit de te changer les idées de temps à autre.
— Si tu n'y vois pas d'inconvénient, je vais aller me mettre au lit.

Je le sais quand elle est claquée, je distingue les signes de la fatigue sur son visage. J'ai appris à reconnaître tous ces petits détails.
Elle marche jusqu'à la salle de bains. Je la suis pas à pas.

— Elle te va vraiment bien cette robe.
— Merci.
— Très sexy. Elle te met en valeur.

C'est moi qui la lui ai offerte, mais c'est elle qui l'a choisie.
Elle entre dans la salle de bains, je reste à l'extérieur, appuyé contre le cadre de la porte. Lyne tient à son intimité et je sais respecter ça. Je suis un peu comme ça, moi aussi.

— T'étais avec qui?
— Qu'est-ce que tu dis?
— T'es sortie avec qui?

Elle passe la tête dans l'ouverture. Je m'en veux de l'avoir dérangée. Moi et mes questions stupides. J'aurais pu attendre à plus tard ou à demain. Elle a l'air ennuyé, maintenant.

— Excuse-moi, chérie, je sais que tu détestes quand je te pose des questions.
— C'est rien.
— Finis ta toilette, t'occupe pas de moi.

Elle me sourit poliment et ferme la porte. Je retourne au salon reprendre mon travail. Au fond, elle a raison de tenir à son intimité. Qui a dit qu'on devait tout partager?

Ah, tiens, la revoilà. Elle a enfilé son pyjama. En fait, c'est l'un des miens, mais je le lui prête volontiers; il lui donne cet air qu'ont les filles dans les publicités. Cet air si parfait.

— Je me couche.
— D'accord. Bonne nuit, chérie.

Je dépose un baiser sur son front.

— On s'est trompés, souffle-t-elle.
— Qu'est-ce que tu veux dire?
— Je crois que ce n'est pas la bonne couleur. Le carmin aurait été plus joli.

Je n'aime pas que des détails comme celui-ci viennent la contrarier. La vie est déjà assez difficile comme ça.

— Va te coucher, chérie, moi je vais finir d'appliquer cette couche. Demain, dans la lumière du jour, la tête bien reposée, tu verras, tout nous apparaîtra plus clairement.

STÉPHANE BOURGUIGNON

NOTICE BIOGRAPHIQUE

Né le 21 janvier 1964, Stéphane Bourguignon, scénariste de formation, a travaillé une dizaine d'années dans le milieu de l'humour à titre d'auteur. Ses deux romans, *L'Avaleur de sable* et *Le Principe du Geyser,* ont été salués par la critique. Le premier fait présentement l'objet d'une adaptation cinématographique. « La vie, la vie », sa première télésérie, sera mise en ondes en janvier 2001 à la télévision de Radio-Canada.

Premier titre publié par Québec Loisirs :
L'Avaleur de sable
Troisième trimestre 1994

PHOTO : Arsénio Corôa

42

L'enfant qui jonglait avec les mots

Marcelyne Claudais

L'Enfant marchait sur la mer...

Venue de nulle part,
Elle glissait sur les eaux,
emportant dans ses mains entrouvertes
un arc-en-ciel de mots nouveaux.

« *Qui veut mes mots?* »
« *Qui veut mes mots?* »

L'Enfant jonglait avec ses mots
comme d'autres jonglent avec des billes.

Parfois,
elle en choisissait un,
au hasard,
un dont la couleur lui paraissait plus séduisante :
le mot *joie*, par exemple.

Elle disait :
« *Venez, approchez, je vous offre la joie,*
prenez-la, s'il vous plaît! »

Mais les gens s'éloignaient.

Esclaves d'une vie terne et grise,
ils refusaient la joie, les gens.

La *joie*!
L'Enfant leur proposait la joie,
mais les passants n'en voulaient pas.

Recroquevillés, le corps en boule,
ils s'ennuyaient tant qu'ils pouvaient.

L'Enfant disait :
« *La joie n'a pas de contraire!* »

Mais leurs soupirs couvraient sa voix...

Alors, Elle leur a suggéré le mot *vie*!

Un mot complet,
unique,
infini!

Infini?

« *Et la mort?* »
répliquaient les gens.

« *La mort n'existe pas!* »
leur répondait l'Enfant.

« *Précédant la naissance
et par-delà la mort,
il y a toujours la vie...
la vie est éternelle!* »

Et, ce disant,
Elle devenait belle.
Si belle,
que les gens en mouraient d'effroi.

Obsédés par la mort,
ils méprisaient la vie, les gens.

La *vie*!
L'Enfant leur proposait la vie
mais les gens préféraient l'oubli.

Recroquevillés, le corps en boule,
ils se droguaient tant qu'ils pouvaient.

L'Enfant disait :
« *La vie n'a pas de contraire!* »

Mais des murmures couvraient sa voix...

Quand Elle a prononcé le mot *temps*,
ils se sont tus,
le temps d'une pause.

Mais comme les intérêts couraient,
ils ont couru aussi, les gens.

« *Où courez-vous?* »
disait l'Enfant.

« *À quoi vous servira l'argent?*
Revenez vers moi, j'ai le temps...
si le temps vous dit quelque chose! »

Mais le temps c'est de l'argent...
et les banquiers n'aiment pas les roses!

Assoiffés de profits,
ils gaspillaient le temps, les gens.

Le *temps*!
L'Enfant leur accordait le temps
mais les gens préféraient l'argent.

Recroquevillés, le corps en boule,
ils calculaient tant qu'ils pouvaient.

L'Enfant disait :
« *Le temps n'a pas de contraire!* »

Mais leur tumulte couvrait sa voix...

Les passants s'agitaient.

Un homme a dit : « *C'est une sorcière!* »
Un autre a crié : « *Tuons-la!* »

« *Réveillez-vous!* »
disait l'Enfant.

« *Je suis votre amie, je vous aime...*
Je vous aime! »

Dévorés par l'envie,
ils ignoraient l'amour, les gens.

L'*amour*!
L'Enfant les inondait d'amour,
mais les gens préféraient la haine.

Recroquevillés, le corps en boule,
ils résistaient tant qu'ils pouvaient.

L'Enfant disait :
« *L'amour n'a pas de contraire!* »

Mais les clameurs couvraient sa voix...

Ils approchaient,
la gueule ouverte,
en meute affamée,
comme des loups...

L'Enfant cherchait un mot magique
pour les calmer
pour faire la paix...

La paix! La paix!

L'Enfant a crié le mot *paix,*
et les soldats se sont armés
pour éviter sa propagande.

Les tambours roulaient sur la place.
Les officiers menaient les rangs.
Pour leur donner le goût du sang,
il suffit d'enrôler les gens.

« *Qui veut la paix prépare la guerre!* »

En scandant des slogans,
ils pointaient leurs fusils, les gens.

La *paix*!
L'Enfant leur apportait la paix,
mais les gens préféraient la guerre.

Recroquevillés, le corps en boule,
ils combattaient tant qu'ils pouvaient.

L'Enfant disait :
« *La paix n'a pas de contraire!* »

Mais leurs canons couvraient sa voix...

Le jour tombait...

Le soleil tranquillement descendait sur la mer...
Le soleil!

Le *soleil*!
Un mot rond,
brillant,
sans frontière...
Un mot parfait pour arrêter la guerre!

Sans un moment d'hésitation,
l'Enfant a saisi le *soleil*
et l'a lancé comme un ballon.

« *Attrapez-le!* »
disait l'Enfant.

« *Je vous offre l'Éternel Printemps!*
Le soleil est à vous...
Jouons ensemble, voulez-vous? »

Hélas! Depuis qu'ils avaient tué Dieu,
ils craignaient le soleil, les gens.

Le soleil!
L'Enfant leur offrait le soleil
mais les gens se bouchaient les yeux.

Recroquevillés, le corps en boule,
ils se cachaient tant qu'ils pouvaient.

L'Enfant disait :
« *Le soleil n'a pas de contraire!* »

Mais leurs insultes couvraient sa voix...

Alors l'Enfant a repris sa route...

Venue de nulle part,
Elle glissait sur les eaux,
emportant dans ses mains entrouvertes,
un arc-en-ciel de mots nouveaux.

« *Qui veut mes mots?* »
« *Qui veut mes mots?* »

Joie, Vie, Temps, Amour, Paix, Soleil...

Jonglant toute seule avec ses mots,
l'Enfant riait en les voyant naître.
Rire... sourire...

Le mot *sourire*,
quel joli mot!
Un mot comme un pont sur l'eau trouble.

Tout le mal était là.
Se vautrant dans l'eau trouble,
ils ne souriaient plus, les gens.

Un sourire!
L'Enfant leur offrait un sourire,
mais les gens préféraient gémir.

Recroquevillés, le corps en boule,
ils pataugeaient tant qu'ils pouvaient.

L'Enfant disait :
« *Le sourire n'a pas de contraire!* »

Mais leurs sanglots couvraient sa voix.

La nuit venait...

Les passants effrayés s'entassaient sur la place.
Ils regardaient partir l'Enfant
sans réagir,
sans faire un geste.

Elle marchait lentement,
comme un ange,
en se retournant sur ses pas.

« *Je reviendrai un jour!* »
dit-elle,
en lançant le mot *Verbe* à tous vents.

Et tout à coup,
dans l'arc-en-ciel,
apparut le mot *Commencement*!

« *Au Commencement était le Verbe...*
et le Verbe était en Dieu
et le Verbe était Dieu! »

Et le Verbe serait resté Dieu
sans la Parole...

Mais la Femme a porté le Verbe.
Et le Verbe s'est fait chair.
Et le Verbe a porté la Parole...
Et la Parole est devenue
la manifestation charnelle du Verbe.

Et moi, je suis une Enfant du Verseau.
Je suis une écrivaine.
Je suis à la fois Femme et Verbe.
Enfant qui jongle avec les mots,
j'écris!

J'écris...
mais mon verbe ne prend vie
qu'à l'instant où tu lis.

MARCELYNE CLAUDAIS

NOTICE BIOGRAPHIQUE

Dès la parution de son premier roman *Un jour la jument va parler...* Marcelyne Claudais s'est attiré les faveurs d'un nombre impressionnant de lecteurs qui lui sont depuis restés fidèles. Femme d'émotion et femme de verbe, elle sait faire passer tous les sentiments, parfois drôles, parfois tristes, à travers des personnages attachants, émouvants, d'une présence incontournable. Comme le changement ne lui fait pas peur, Marcelyne Claudais aime vivre à cette époque de grande effervescence. Ses romans, résolument contemporains, témoignent de l'évolution constante d'une société en mouvement, sans cesse à la recherche du mieux-être, du mieux-comprendre et du mieux-aimer. Écrivaine extrêmement populaire, Marcelyne Claudais n'écrit pas pour être aimée mais se considère comme privilégiée de l'être. Attentive et passionnée, elle s'inspire de tout ce qui l'amuse, la désole ou la choque. En privé, elle prend la vie comme elle vient et ne se défend pas d'être heureuse.

Premier titre publié par Québec Loisirs :
Un jour la jument va parler...
Troisième trimestre 1992

PHOTO : Stéphan Poulin

Deux roues, quatre roues

Michel Désautels

C'est pas drôle de finir comme ça. À plat ventre sur le trottoir mouillé, la moitié du visage à vif plaqué contre l'asphalte détrempé. Incapable de bouger les jambes et les bras, à peine le bout des doigts, comme paralysé. Pas par la peur. Elle est partie par le trou qu'on vient de faire dans mon dos. J'ai pas une grosse expérience, mais il me semble qu'à cet endroit-là un trou comme ça devrait faire disparaître la douleur en détruisant le réseau de petits nerfs qui courent le long de la colonne. Eh ben, pas du tout! Je dirais même que s'il n'était pas là au-dessus de moi à me regarder passer de vie à trépas, je râlerais un bon coup.

C'est fort, l'orgueil.

En fait, j'ai de la difficulté à ressentir quoi que ce soit pendant plus de deux secondes. Chaque fois qu'une idée tente de prendre l'affiche de mon mauvais film, un gros paquet de sang chaud me coupe le peu de souffle qu'il me reste en se mettant en travers de ma gorge, sur le chemin de l'air libre. Le goût me rappelle le dentiste de mon enfance. Il était laid, gros, en sueur, avec des instruments à la propreté douteuse au bout de ses grosses mains. J'avais si peur que les histoires qu'on racontait à son sujet ne soient vraies. Maintenant, j'en rirais, sauf que j'ai peur de m'étouffer.

En réalisant le ridicule de ce que je viens de penser, je m'étouffe vraiment.

Je viens peut-être d'abréger mon agonie de quelques secondes.

On pourra dire que je me suis étouffé avec ma petite madeleine à moi. Je suffoque à nouveau. Je tente de respirer par le nez. Je m'étouffe à nouveau et cette fois je vois rouge. Je me suis craché les derniers centimètres cubes de sang qui affluaient vers la sortie en pleine figure. Mes yeux en sont couverts. Bonne affaire! Je risque moins de voir le visage de celui qui se tient debout au-dessus de moi. Si c'est qui je pense, je meurs. Je meurs! Nouveau râle de rire. De l'air! Je déraille. C'est la fin, c'est sûr!

J'essaie toujours de comprendre pourquoi tout ça m'arrive. J'aurais dû décoder son regard mauvais qui va me valoir de paraître demain en page trois du *Journal de Montréal*. Pas que j'aie été un citoyen modèle, comme ceux dont on fait l'éloge à la rubrique « Personnalité de la semaine » du quotidien *La Presse,* mais quand même, il faut que quelque chose ait vraiment mal tourné pour ramener une ambulance et quatre voitures de police dans ce bout de rue. Quand ils arriveront, ils vont me trouver tout seul, sûrement sans vie, avec le silence habituel des rares voisins pour seul indice. Comme moi, ils vont tenter de remonter le temps, essayer de comprendre ce qui m'a valu le sort habituellement réservé aux hommes de main du milieu. Faudrait qu'ils soient vraiment forts pour y voir clair. Moi, je n'y comprends rien.

C'est quand même pas parce que je l'ai lavé au *pool* que le gros blond suintant m'aurait fait un implant de métal. S'il ne voulait pas jouer à l'argent, il n'avait qu'à le dire! Non, c'est pas ça. C'est sûrement parce que la petite bombe en minijupe qui lui servait de décoration n'a pas cessé de me coller pendant deux heures. Et que je trinque à ta santé, et que je te susurre quelque chose à l'oreille, et que je me frotte les seins contre ton bras, elle n'a pas arrêté. C'était pas désagréable, mais un peu gênant. Mais enfin, c'est quand même pas mon problème s'il ne l'avait pas bien en main!

J'aimerais me concentrer pour mieux comprendre, vu le peu de temps qu'il me reste, mais mon regard se fixe sur ma moto, renversée elle aussi face contre terre, l'un de ses phares replié, l'autre me faisant un clin d'œil, m'invitant à l'ultime randonnée. Un voyage où l'on n'aurait jamais à se préoccuper de faire le plein, où les flics dormiraient sous les viaducs, leurs radars débranchés, où aucune averse ne viendrait menacer la traction. Une balade juste pour nous deux. Elle et moi, vieux motard qu'elle aimait. Elle était déjà par terre lorsque je suis sorti du bar. Je l'ai vue tout de suite, indécente dans cette position contre nature. Je me suis arrêté, figé par l'outrage à la beauté. C'est sûr que je faisais une bien meilleure cible à l'arrêt. Un coup bien placé a suffi.

Sur le moment, je ne sais pas trop ce qui m'a fait le plus mal. La petite intrusion dans le milieu du dos ou le fait de voir ma compagne renversée, l'essence coulant du réservoir cabossé, le guidon que je devinais tordu et la roue arrière relevée de manière ridicule et pas du tout propice à la propulsion. Sur le coup, je me suis dit qu'il serait impossible de reproduire exactement la peinture, que j'en aurais pour au moins deux semaines à me passer de ma moto. En tombant à genoux, j'ai réalisé que je ne poserais jamais plus mon cul sur elle.

Quand la première voiture de police a tourné le coin de la rue à toute vitesse, elle a failli percuter ma bécane. J'ai voulu crier pour les prévenir de faire attention, mais seul un gros caillot de sang est sorti de ma bouche. Le bruit des pas de mon assassin était déjà loin dans ma mémoire. Était-il retourné dans la salle de billard tout doucement en balançant son gros derrière nonchalamment, l'air de celui qui a tout son temps devant lui, maintenant qu'il m'avait ratatiné le mien? Avait-il fui, à bout de souffle après quinze enjambées, par le parking qui donne sur le boulevard?

Le fait est qu'il a dû choisir le bon chemin, puisque le ratissage des policiers n'a rien donné et qu'au bout d'une petite heure ils ont abandonné leur chasse à l'homme. Mon dossier est vite passé dans le fichier des affaires obscures pendant que je passais dans les mains des chirurgiens. Ils ont fait du bon travail et j'ai parfaitement récupéré l'usage de mes deux bras. Je peux bouger la tête, assez pour dire oui et non. Quand je parle, on distingue ce que je raconte, pour peu qu'on prête attention. Ma langue est lourde, mais mon esprit est resté vif. Bref, avec un fauteuil à moteur et un peu de temps devant moi, je peux faire à peu près ce que je veux. Sauf baiser. Car, quoi qu'on dise, les filles n'ont pas l'air de se satisfaire d'une bouche et de deux mains. Il serait content, mon agresseur, s'il m'apercevait zigzaguant dans la rue. Il se dirait que je ne suis certainement plus une menace et que sa petite amie ne se frotterait plus à moi comme elle l'a fait ce soir-là dans le bar. Le regard des filles passe bien au-dessus des fauteuils roulants. Le problème est que le mien est à la hauteur de leur cul. Mais ça, c'est mon problème, et je dois m'arranger pour le régler tout seul.

Et puis un jour, je l'ai retrouvé. Je savais que je finirais par retomber sur lui. Il n'allait quand même pas quitter la ville quand il a vu le peu de zèle que mettaient les policiers à trouver celui qui m'avait tiré dessus. Au plus aurait-il changé quelques habitudes, fréquenté de nouveaux endroits. Dans les bars western de l'est de la ville où je ne risquais pas de mettre les roues, il serait vite devenu un *king*. Grosse Mercedes, gros rire gras, grosse palette dans la poche intérieure de son blouson de cuir, des billets de cent dollars pliés en deux avec une précision maniaque. S'il n'avait pas succombé à un tout petit vice, je ne l'aurais probablement jamais retrouvé. Mais quand les animateurs de la station Rock-Pulsion ont annoncé que le poste d'essence à l'angle des rues Ontario et Papineau vendait le litre dix cents moins cher que le prix du marché dans le cadre d'une opération promotionnelle conjointe, il a fait un détour pour faire le plein. C'est là que je l'attendais sans le savoir. Je me rendais comme tous les mardis matin à mon cours de danse. Une chorégraphe de Voies Nouvelles, une compagnie qui fait dans la danse actuelle, s'était entichée de l'idée de donner à une vingtaine de handicapés en fauteuil roulant l'occasion d'explorer « le potentiel de leur corps, malgré le défi que représente leur marginalité non désirée ». Depuis un mois, j'allais participer à cet exercice qui tenait davantage du derby de démolition que du *Lac des cygnes*. Individuellement, nous étions tous devenus pas mal habiles à bord de nos quatre roues, mais, collectivement, Béjart nous aurait rejetés illico. Béjart n'était pas travailleur social.

Quand je suis arrivé à l'angle des rues Papineau et Ontario, l'immense stationnement de la station-service était couvert de voitures qui attendaient plus ou moins patiemment de faire le plein. La voix de fausset de l'animateur de Rock-Pulsion sortait à plein volume de tous les autoradios. « Et nous passons maintenant à une chanson souvenir de l'été 66, avec la belle Nancy Sinatra, *These Boots are Made for Walkin'*. » J'imaginais la belle Nancy chantant son tube trente-quatre étés plus tard, le cheveu rare, la peau flétrie, les genoux perclus de rhumatismes, perchée sur le capot de l'une de ces voitures qui chauffaient en attendant leur ration d'essence. Je commençai à chanter à pleins poumons le vieil air dont je ne connaissais plus que le refrain en roulant entre les voitures. Les conducteurs me regardaient avec un air amusé parfois, méfiant la plupart du temps, convaincus au premier coup d'œil que je m'approchais d'eux pour faire la manche. Pauvres tarés!

J'étais tout à ma joie assaisonnée de la douleur permanente que distillait ma condition de paraplégique lorsque mon cœur cessa de battre une seconde ou deux. Il repartit aussitôt, emballé par ce que je venais de voir : deux voitures devant moi, sur ma droite, une Mercedes noire aux vitres fumées, celle du conducteur complètement baissée. Je distinguais nettement le gros bras replié contre la portière, la naissance d'un tatouage au motif oriental émergeant d'une chemise du plus vilain jaune. Le goût du sang remplit aussitôt ma bouche.

Je poussai très doucement le levier du moteur de mon fauteuil électrique. Je n'ai jamais parcouru une si courte distance en un temps aussi long. Ma douleur disparue, tout mon corps n'était plus qu'une ligne à haute tension chargée à bloc d'un plaisir dément.

Ce n'était pas l'excitation de le revoir qui gonflait mon pantalon. C'était le revolver que je m'étais procuré dès ma sortie d'hôpital. Immobile comme il l'était, assis derrière le volant de sa clinquante Mercedes, coincé entre deux voitures qui attendaient comme lui de réaliser l'affaire du mois, il n'a jamais pu bouger. Arrivé à sa hauteur, j'ai laissé la panique envahir son regard, puis j'ai vidé mon chargeur par la fenêtre de sa voiture. Les quatre dernières balles étaient de trop. Mais un pareil jour de fête, on ne regarde pas à la dépense.

Je vous raconte mon histoire de ma cellule, au pénitencier de Kingston. On me traite bien mais les journées sont longues, c'est certain. Les années le seront aussi. Heureusement, il y a les cours de danse.

MICHEL DÉSAUTELS

NOTICE BIOGRAPHIQUE

Né à Montréal, le 7 mai 1951. Michel Désautels a travaillé, depuis 1972, comme animateur, réalisateur et journaliste à différentes émissions dans les secteurs de la culture, de l'information et du sport.

Michel Désautels a publié un premier ouvrage d'entretiens aux éditions de l'Hexagone en 1997, sous le titre *Pierre Gauvreau : Les Trois temps d'une paix*. Son premier roman, *Smiley*, publié en 1998 par VLB, et repris par Québec Loisirs, lui a valu le prix Robert-Cliche.

Récipiendaire du Mérite du français dans les communications en 1998, il publiera un second roman en novembre 2000, toujours chez VLB Éditeur, sous le titre *La semaine prochaine je veux mourir*.

Premier titre publié par Québec Loisirs :
Smiley
Premier trimestre 1999

PHOTO : Société Radio-Canada

Civet de lapin

Louise Desjardins

Il y a bien un an que je n'ai fait l'amour. Un an déjà que je me suis séparée de Gilles. Pendant les six premiers mois qui ont suivi ma séparation, j'étais abattue par la vacuité. Après tout, nous avions vécu ensemble vingt ans, fait deux enfants, déjà partis de la maison, acheté et revendu deux maisons, élevé un chien qui s'est fait écraser et quelques chats qui sont morts de vieillesse. Du jour au lendemain, l'année dernière à pareille date, il m'a annoncé qu'il me quittait pour emménager avec sa nouvelle amie. Je me suis effondrée, plus par surprise que par chagrin d'amour. Nous menions nos vies chacun de notre côté, par habitude et par confort. Nous n'avions pas encore de chambres séparées, mais nous ne faisions l'amour que sur invitation, une fois par mois environ. En le questionnant, j'ai appris que sa « nouvelle » amie, il la connaissait depuis plus d'un an et qu'elle avait vingt ans de moins que lui. Il s'agissait d'une étudiante. Très mûre pour son âge, avait-il ajouté.

Gilles m'a d'abord manqué douloureusement, comme cela arrive quand on se fait amputer d'un bras ou d'une jambe, j'imagine. Le doigt coupé, paraît-il, continue d'être accroché à la main, à faire mal et, quand on ferme les yeux, on pourrait presque s'en servir encore. Parfois, la nuit, je me réveillais en sursaut et je croyais apercevoir Gilles qui ronflait, en chien de fusil, de son côté du lit, toujours le même, sur lequel je n'osais pas m'aventurer, comme s'il lui appartenait encore de plein droit. Comme s'il était seulement parti en voyage. Quand je me rendais compte qu'il ne s'agissait que d'un amas de couvertures, je me recouchais en pleurant et je finissais par me rendormir.

Puis le temps a passé. Le temps sorcier, le seul qui puisse nous guérir de tout ou nous achever. Peu à peu la rage royale a pris le dessus sur la pauvre peine. Après un an, je peux dire que j'ai réussi à m'en sortir. J'ai banni les hommes de ma tête, de mon cœur, de ma peau. J'ai laissé le célibat s'incruster joliment dans de grandes soirées de télévision en pantoufles, des romans en trois tomes, d'interminables bains moussants aux fruits de la passion. Jusqu'à hier soir, je me disais le plus sérieusement du monde qu'il était possible de vivre seule et bien, sans mari, sans enfants ni chats ni chiens. Même si je n'arrivais pas encore à dormir en plein milieu du lit.

Hier soir, un monsieur a dérangé l'écologie de ma petite vie. Je dis bien un « monsieur », parce qu'il s'agit d'un homme grisonnant, artiste reconnu et respecté dans le domaine des arts visuels comme on dit. Il y a quelques années, il aurait été un grand peintre, tout simplement, mais aujourd'hui on mêle tous les arts pour en faire des installations, des performances. Alors on ne dit plus peinture, gravure, mais œuvre d'art visuel. Ça fait plus universel et c'est moins compromettant.

Mon amie Dyane, qui tient mordicus au y de son nom, expose ses « choses », des vidéos d'art, dans un loft de la rue Saint-Laurent aménagé dans une usine de textile désaffectée. Elle a invité à son vernissage ses amis, ses connaissances et des gens qu'elle ne connaît pas mais qu'il lui serait utile de connaître pour être mieux connue. Comme elle ne gagne pas beaucoup d'argent et qu'elle ne risque pas de faire un seul sou avec cette exposition, puisqu'il n'y a rien à vendre, elle a demandé à ses bons amis d'apporter des bouteilles. De mousseux, a-t-elle spécifié sur le répondeur.

La faune est là à siroter sa blanquette de Limoux ou son Vin fou. La belle Dyane circule parmi les invités en présentant tout le monde à tout le monde. Adèle, je te présente Hugo. Hugo, Adèle. Je ris et je sens que mon célibat se termine peut-être là. Je dis à

Hugo que c'est un drôle de hasard, Hugo et Adèle, comme Roméo et Juliette. Je me sens idiote mais Roméo-Hugo saute sur l'esche, le célèbre appât de mots croisés, et il trouve la coïncidence géniale. Il ajoute, Je préférerais que vous vous appeliez Juliette, parce que c'était le nom de la maîtresse de Victor Hugo alors qu'Adèle Foucher n'était que sa femme. Je réplique, On fait ce qu'on peut, allons remplir nos coupes de plastique en attendant. Il s'arrête. Ses yeux d'aigue-marine me fixent. Il enchaîne, Que faites-vous, chère Adèle? Je me sens obligée de dire la vérité. Des bijoux, je suis une artisane, pas une artiste. Il répond, C'est bien aussi, les artisans. C'est la première fois que je rencontre une joaillière. Je rétorque, Plus précisément je suis lapidaire. Ah!

La vidéo de Dyane passe pour la dixième fois. Des zoom-in, des zoom-out, des fondus enchaînés. Il faut se laisser porter par l'image si on veut comprendre. Dyane répète, explique sa démarche à des gens qui l'accaparent. C'est si complexe que j'abandonne. Hugo devine que je veux partir et il m'invite à manger chez lui. C'est juste à côté, il a cuisiné un repas à l'avance. J'hésite. Dyane ne m'a jamais parlé de lui, mais la curiosité me pique si fort et ses yeux sont si profondément bleus que je ne fais même pas semblant de refuser.

Nous nous engageons dans les dédales de la vieille usine convertie en ateliers d'artistes. Dans l'ascenseur, il me demande si j'aime le civet de lapin. Oui, j'aime le civet de lapin, tout comme le coq au vin ou le bœuf bourguignon, des plats qu'on ne fait plus aujourd'hui, surtout pas les gens qui sont seuls, à moins d'inviter plusieurs personnes. J'adore le lapin, mais je ne fais jamais de civet. La dernière fois que j'en ai mangé, c'était pendant des vacances à Paris avec Gilles, mon mari. Vous êtes mariée? Non, divorcée, depuis un an. Et vous? Moi aussi je suis divorcé. Dans ma tête, ça dit, C'est encourageant. Pour revenir au lapin ou plutôt au poulet, maintenant on mange surtout le blanc désossé, pour ne plus voir le cou, ni le gésier, ni les cuisses, ni la tête, ni le bec. Alouette! C'est trop facile. On se regarde et on rit tous les deux en sortant de l'ascenseur. J'hésite, Nous ne sommes pas au rez-de-chaussée. Hugo me rassure, Non, non, c'est bien ici, nous n'avons pas à sortir de l'immeuble, mon atelier est juste en face.

Il introduit une grande clé, genre clé de film muet, dans la serrure d'une porte de métal et il me fait passer devant lui dans l'immense pièce où pendent deux carcasses de lapin. Je recule, Que faites-vous avec ces lapins? Il répond, Des écorchés, des dessins de lapins sans peau, des études. Ah! Sur le plancher gras broutent lentement trois autres lapins, vivants ceux-là, au nez grouillant. Ça sent la ferme, exactement comme chez mon oncle Arthur à Lorrainville quand j'étais petite. J'ai un peu la nausée. Hugo me prend par le bras et m'entraîne au fond de la pièce tout en m'expliquant qu'il vit dans son atelier, qu'il peint une série sur les animaux et qu'il a besoin de modèles. Sérieux. Il me montre quelques tableaux sanguine ornés de duvet blanc collé. On dirait des corps d'anges martyrisés. C'est beau, mais c'est inquiétant. Je me demande ce que je fais ici, je voudrais partir, mais je n'ose pas. Je lui demande ce qu'il fait de toutes ces carcasses un peu faisandées après s'en être servi comme modèles. Du civet de lapin? J'aurais dû y penser.

Ensuite nous allons vers la section cuisine. Un lavabo de salle de bains sert d'évier. La baignoire trône entre le frigidaire et la cuisinière, sur laquelle mijote le civet. La table est déjà mise pour deux personnes. Au fond, le lit est défait. Les draps d'imprimé léopard se mêlent à une couverture de fourrure. On dirait *Le Gibier* de Courbet, les mêmes couleurs fauves, le même éclairage trouble. Une atmosphère de chasse à courre. Je veux dire le festin, après, quand les hôtes mangent les faisans plumés de toutes les couleurs. Hugo tire galamment une chaise et me prie de m'asseoir. Il me sert un vin corsé et met des mazurkas de Chopin jouées par Arturo Michelangeli. Ça change tout et j'oublie le reste de la basse-cour.

Le repas est délicieux, fin, chaleureux. Hugo me raconte qu'il vit seul à Montréal, qu'il voyage fréquemment, qu'il a des amis un peu partout dans le monde. C'est un drôle de célibataire, sa cuisine est aussi bien organisée que celle d'une maison familiale : robot culinaire, cocotte, étagère d'épices et d'herbes fines, livres de cuisine. Il peint toujours d'après le modèle, des modèles vivants ou morts. Pas de cadavres humains? Il se met à rire. Quelle idée! Non, non, des animaux. Pour inciter au végétarisme. Mais vous n'êtes pas végétarien, vous mangez du lapin. Il me répond, Du poulet aussi, et il ajoute qu'il pratique un végétarisme large qui peut inclure la volaille et le poisson, un végétarisme qui exclut la viande rouge. Je reste quand même étonnée qu'il soit si célibataire et si végétarien. Puis, en mordant dans le râble juteux, il répète, Je suis végétarien. La musique de Chopin envahit la grande salle transformée en ferme de centre-ville.

Il veut me faire l'amour. Il ne me le demande pas vraiment, il dit à brûle-pourpoint qu'il a envie de moi. Je fais celle qui ne comprend pas. Je me méfie de l'esbroufe. Mais ses yeux d'eau me chavirent un peu. Je raconte que je n'ai eu personne depuis un an, que je me suis promis de ne plus avoir d'aventures à gauche et à droite avec des hommes qui ne sont pas libres. Es-tu libre, Hugo? La question est partie sans que je m'en rende compte. Oui, je dois avouer cependant, pour être tout à fait franc, que j'ai une amie en Europe, mais elle est mariée et elle a de nombreux enfants encore jeunes. Elle ne veut pas se séparer, donc je me permets des aventures quand je suis à Montréal. Je dis, déçue, Tu as répondu à ma question. Non, non, ce n'est pas ça que j'ai voulu dire. Et il insiste, Tu me plais énormément et j'aimerais vivre avec quelqu'un moi aussi tout en la gardant comme maîtresse. Oui, c'est certain, et toi, tu serais ma régulière. Je crie, Ta régulière? On se connaît à peine. Non, mais tu te rends compte de ce que tu dis?

Puis le ton baisse. Nous continuons à boire et à converser. Les petits lapins viennent près de nous. Hugo leur donne des carottes à gruger en leur parlant comme à des êtres humains et ils répandent des petites billes rugueuses sous le lavabo. Nous découvrons que nous avons des amis en commun. Il essaie à nouveau de me convaincre d'aller au lit. Je résiste, même si je n'ai pas non plus le goût de partir. Un café? J'ai aussi un bon dessert, me dit-il en sortant des éclairs du frigidaire. Comment dire non? La crème pâtissière est onctueuse, la pâte à chou, dodue et le chocolat fond dans la gorgée de café. Une poire? Je veux bien.

La poire est de trop, je n'ai plus aucune volonté et je finis par m'étendre près de lui dans ses draps de fauve. Ça dure longtemps, longtemps. Nous sommes trop soûls, je me demande si ça viendra. Non, ça ne vient pas. Il s'assoit exténué au bord du lit. Je mets la jetée de fourrure sur moi. Mais c'est du lapin, ma foi. Comme le manteau de ma tante Huguette. La magie n'opère plus. Je me demande ce qui se passe et je reste silencieuse. Il contemple ses petits écorchés et je trouve qu'il a la peau ratatinée comme de la chair de poule. Je lui demande son âge. Soixante ans. C'est vieux. C'est peut-être pour ça qu'il ne peut pas aller au bout.

Le téléphone sonne, il est au moins trois heures du matin. Il court répondre. Il est heureux, c'est elle, c'est certain. Il dit qu'il est seul, qu'il revient du vernissage de Dyane, qu'il achève sa série de lapins. Oui, elle lui manque. Ils se verront bientôt à un symposium, à San Francisco. Non, il n'a pas encore acheté son billet d'avion. Elle passera par Montréal. Il lui a préparé du civet de lapin, de la terrine. La table est toujours mise pour elle. Elle sait bien, chérie.

Je me rhabille pendant qu'il chuchote au téléphone, croyant que je n'entends rien. Il a le dos tourné. Je me rends à la fenêtre, je l'ouvre. Je décroche les carcasses de lapin, je les jette dans la ruelle. Je vais chercher les lapins vivants un à un, ils se laissent prendre en me regardant de leurs yeux roses, comme ceux de mon oncle Arthur à Lorrainville. Je les laisse tomber par la fenêtre. Ils font comme un tableau de Jackson Pollock sur l'asphalte. Ils sautillent un peu, encore. Hugo parle toujours au téléphone. Je sors dans le couloir. Les notes de Michelangeli me parviennent jusque dans l'ascenseur.

En rentrant chez moi, j'ai un message sur le répondeur. C'est Hugo, le chaud lapin cherche ses écorchés vifs. Je ne le rappelle pas et je me cale dans mon grand lit. Au beau milieu.

LOUISE DESJARDINS

NOTICE BIOGRAPHIQUE

Longtemps connue comme poète, Louise Desjardins publie son premier roman, *La Love*, chez Leméac en 1993. En 1998, elle récidive avec *Darling*, un deuxième roman, alors qu'elle est déjà tout occupée à la préparation de la biographie de Pauline Julien, qui sort à l'automne 1999. Louise Desjardins conjugue désormais les genres et les voix, ce qui lui permet de respirer chaque fois un nouvel air, de renouveler les thèmes et de transcender les mots.

Premier titre publié par Québec Loisirs :
Pauline Julien : La Vie à mort
Troisième trimestre 2000

PHOTO : François Bélisle

L'été du père Noël

Trevor Ferguson

Taylor Johnson se faisait du souci pour Éric, son meilleur ami. Pendant les journées chaudes de l'été, les deux enfants de huit ans jouaient d'habitude ensemble dans la ruelle. Mais la veille, Éric avait passé toute la journée assis sur sa galerie sans bouger et, ce matin, il y était de nouveau. Taylor monta le voir.

— Qu'est-ce qui se passe? demanda-t-elle.
— Pas grand-chose.

Éric habitait un appartement au premier étage. On y voyait bien la ruelle, les immeubles à logements et les duplex serrés les uns contre les autres, les cours minuscules. Taylor s'assit au sommet des marches.

— Que vas-tu faire aujourd'hui? demanda-t-elle.
— Rester assis ici, dit Éric.
— Juste rester assis? Tu ne joueras pas au ballon?
— Pas aujourd'hui. Peut-être demain.

Éric était maigre. Il avait de grosses taches de rousseur sur le nez et une tignasse de cheveux roux et bouclés.

— Pourquoi tu restes assis? lui demanda Taylor.

— Je réfléchis. Et j'attends, répondit Éric.
— Tu attends quoi?

Éric prit une profonde inspiration.

— Le père Noël, dit-il. J'attends que le père Noël passe dans la ruelle.

Taylor inspecta les environs, mais ne vit rien qui indiquait l'arrivée prochaine du père Noël.

— Nous sommes à la mi-juin, rappela-t-elle à son ami. Tu ne penses pas qu'il vaudrait mieux attendre, disons, décembre?

Le garçon ne voulait pas en démordre.

— Chaque été, du plus loin que je me souvienne, le père Noël passe dans la ruelle.
— Je ne l'ai jamais vu.
— C'est parce qu'il est déguisé, répondit Éric dans un murmure, car c'était un secret important.
— Le père Noël est déguisé?
— L'été, il se déguise, insista Éric. S'il se promenait dans son costume rouge, les gens lui demanderaient des autographes. Ils voudraient des cadeaux. Il ne pourrait pas travailler.
— Alors à quoi ressemble le père Noël, l'été?
— Eh bien, au lieu de son costume rouge, il a un costume noir. Il a quand même sa longue barbe blanche. Mais son ventre est moins gros.
— Quoi d'autre? s'empressa de lui demander Taylor.
— Pas de rennes, ce serait trop voyant. Mais il a un cheval.
— Un cheval, répéta Taylor.
— Un traîneau est inutile quand il n'y a pas de neige, alors il a une charrette. En été, le père Noël ne distribue pas de cadeaux. Il fait le tour de tous les gens dans toutes les ruelles et il ramasse la ferraille et les vieux vêtements.

— Éric! s'exclama Taylor. Tu parles du chiffonnier!

— C'est lui! Le marchand de chiffons, c'est le père Noël déguisé.

— Mais, tenta d'objecter Taylor, pourquoi?

— Parce que le père Noël a besoin de pièces de rechange pour fabriquer ses jouets.

Taylor n'était pas convaincue.

— Éric, lui dit-elle, tu es mon meilleur ami, mais tu es aussi pas mal niaiseux. Un gros gros niaiseux. De toute façon, que feras-tu si le père Noël passe dans la ruelle?

— Je veux lui demander quelque chose.

— Lui demander quoi?

Éric garda le silence pendant un moment. Puis, il finit par dire : « C'est un secret. »

Ce soir-là, pendant le souper, quand ses parents lui demandèrent ce qu'elle avait fait de sa journée, Taylor raconta sa conversation avec Éric. La petite fille, surprise, les vit devenir silencieux, peut-être même tristes. À la fin de son histoire, le père dit à la mère de Taylor : « Je vais voir ce que je peux faire. »

— Qu'est-ce qu'il y a à faire? demanda Taylor, perplexe.

Son papa ne répondit pas, mais le lendemain soir, au moment de la border, il lui dit :

— Demain matin, je veux que tu ailles voir Éric. Dis-lui que le père Noël passera dans la ruelle pendant la journée, sans doute avant midi.

Le matin, Taylor était impatiente de se lever et de courir chez son ami. Elle grimpa l'escalier quatre à quatre et cogna à la porte-moustiquaire. Personne ne répondit et elle entra sans autre cérémonie. Elle trouva Éric endormi dans sa chambre, le tira du lit et lui dit de venir la retrouver sur la galerie à l'arrière de la maison. C'était le grand jour! Le père Noël arrivait! En plein été!

Ils attendirent sur la galerie et la maman d'Éric leur donna des biscuits et du Kool-Aid, parce que la journée était très chaude, pas du tout une température de père Noël. Pourtant, avant midi, il arriva. Ils commencèrent par l'entendre. La trompette éclatante de sa voix grave de basse qui criait : « Chiiiiffons! Ferraaaaille! » Ensuite ils virent son cheval. Taylor dévala l'escalier jusqu'à la ruelle en glissant sur la rampe, mais Éric, tout aussi excité qu'elle, choisit de descendre lentement, une marche à la fois.

Le chiffonnier (le père Noël déguisé) arrêta son cheval (peut-être un renne déguisé) à côté des deux enfants.

— Qui veut faire un tour de carriole jusqu'au bout de la ruelle? beugla-t-il de sa grosse voix.

Trop pétrifié pour répondre, Éric leva la main. Il fut imité par Taylor. Les deux jeunes descendirent la ruelle dans la carriole pendant que le chiffonnier ramassait la ferraille et les vieux vêtements et, entre les marchandages, le grand barbu tout habillé de noir et coiffé d'un chapeau noir parlait tranquillement avec Éric. Arrivé presque au bout de la ruelle, le chiffonnier se pencha plus près du garçon et demanda :

— Tu veux me dire quelque chose?

Éric hocha la tête.

— Je connais un secret, dit-il.
— Tu veux me confier ce grand secret? s'étonna le chiffonnier.
— Vous êtes le père Noël, révéla le garçon.
— Eh bien! dit l'homme.

Taylor nota qu'il ne niait pas son identité secrète.

72

— Puis-je vous demander quelque chose? demanda le garçon.

Quand le grand chiffonnier hocha la tête, Éric lui fit signe de s'approcher plus près pour qu'il lui murmure quelque chose à l'oreille. Cette fois, Taylor n'entendit pas ce qu'Éric lui confia.

L'homme posa sa grosse main sur la nuque du garçon, et son épaisse barbe s'agita quand il hocha la tête.

— Ce problème n'est pas insoluble, dit-il. Sauvez-vous, tous les deux, maintenant! Je ne vous emmène pas plus loin que votre ruelle.

Cet hiver-là, deux semaines avant Noël, Taylor Johnson et quelques-uns de ses amis les plus fidèles rendirent visite à Éric, qui était à l'hôpital. Ils apportèrent des cadeaux. Ils apportèrent des chocolats et des jeux et mangèrent avec lui un délicieux repas de dinde. Le chiffonnier avait confié au papa de Taylor ce qu'Éric avait demandé au père Noël. Éric avait, semble-t-il, surpris une conversation et appris qu'il allait mourir environ six mois plus tard. Il avait vérifié le calendrier et avait eu peur de gâcher la Noël de sa famille. Il ne voulait pas que Noël évoque pour les siens le temps de sa mort.

De tous les cadeaux, celui de Taylor était le préféré d'Éric. Elle lui avait donné une petite charrette avec un cheval.

— Mon papa les a fabriqués avec de vieilles pièces, dit-elle à son ami. Il les a fabriqués comme le père Noël fabrique ses jouets, exactement comme tu l'as dit. Mon papa dit que nous vivons tous à l'intérieur des autres. Le père Noël, a-t-il dit, vit dans le chiffonnier, et, parce que tu es mon meilleur ami, tu vivras toujours en moi. Mon papa dit que chacun est une pièce de rechange pour les autres, dit Taylor avant de se pencher et de murmurer un secret dans l'oreille d'Éric : J'aimerai toujours Noël, parce que Noël me fera toujours penser à toi.

Éric sourit. Il avait perdu ses cheveux roux, mais avait toujours de radieuses taches de rousseur.

Éric ne sut jamais que Noël était arrivé plus tôt pour lui, cette année-là. Mais il passa le plus beau Noël de tous. Et chaque fois que Noël reviendrait, sa famille et ses amis se rappelleraient avec plus d'émerveillement que de tristesse le garçon qui avait souhaité qu'ils célèbrent cette fête dans la joie. Et c'est ce qu'ils décidèrent de faire.

(Traduction : Ivan Steenhout)

TREVOR FERGUSON

NOTICE BIOGRAPHIQUE

Trevor Ferguson vit aujourd'hui à Hudson. Né en 1947 en Ontario, il arrive à l'âge de trois ans à Montréal, plus précisément dans le quartier de Parc-Extension. Dès seize ans, il décide de devenir écrivain, quitte sa famille et part pour l'Ouest canadien, les États-Unis et l'Europe, où il exerce divers métiers. Trevor Ferguson est l'auteur de six romans, dont cinq ont été traduits en français et publiés par les Éditions de la Pleine Lune. Reconnu internationalement par la critique comme l'un des meilleurs romanciers de sa génération, il reçoit en 1996 le prestigieux prix Hugh-MacLennan. Son œuvre, qui foisonne de personnages excentriques et bizarres, est éblouissante. Trevor Ferguson est un conteur-né, un maître du réalisme magique.

Premier titre publié par Québec Loisirs :
La Vie aventureuse d'un drôle de moineau
Quatrième trimestre 1997

PHOTO : Josée Lambert

Le secret de la mariée

Marc Fisher

Dans la petite église où devait se célébrer le mariage, des murmures avaient commencé à s'élever. La mariée, en effet, était en retard d'une bonne quinzaine de minutes...

D'ailleurs, à la réflexion, c'était bien pire qu'un retard...

Parce que tout le monde savait que la mariée était déjà là depuis une demi-heure au moins et faisait on ne sait quoi dans la pièce exiguë que le curé mettait à la disposition des futurs mariés.

Alors si elle était déjà arrivée et si elle refusait de se présenter devant l'autel, où l'attendait avec une nervosité croissante son fiancé, n'était-ce pas qu'elle avait... changé d'idée?

Changer d'idée à la dernière minute!

C'est une chose épouvantable, impensable, horrible, une chose, en somme, qui ne se fait pas, d'autant que Simon Lord, le fiancé, était le plus jeune fils d'une des familles les plus riches du village, tandis qu'Hélène Lemire, la fiancée invisible, n'était que la fille d'un modeste ébéniste.

Non, c'est une chose qui ne se fait pas, changer d'idée à la dernière minute, et qui pourtant, c'est connu, se fait. Une vieille tante de la mariée (qui venait tout juste d'avoir dix-huit ans) s'était d'ailleurs mise à rapporter à son mari deux incidents semblables qui s'étaient produits dans le lointain passé de la famille. Ça devait être dans le sang des Lemire, même si on n'avait pas rapporté de cas récents : la folie, ou en tout cas la bizarrerie du caractère, pouvait sauter des générations, comme la couleur des cheveux ou des yeux, comme l'idiotie...

Faire faux bond à son fiancé le jour de son mariage, était-ce Dieu possible!

Alors que tout le monde était déjà réuni dans la petite église et que les cadeaux, oui, les cadeaux, avaient tous été envoyés et bien entendu acceptés, sans compter la dépense – inutile – occasionnée par semblable événement : les robes, les chapeaux, les escarpins pour les dames et, pour ces messieurs, le costume neuf, pire encore le smoking qu'on ne reporterait pas trois fois dans sa vie. Chacun pensait aux inconvénients personnels qu'occasionnerait une éventuelle annulation : personne ne pensait aux mariés, ni surtout au fiancé, de plus en plus pathétique, debout devant l'autel, qui distribuait maintenant aux invités des premières rangées des sourires de moins en moins rassurants.

Le marié qui, avec ses dix-neuf ans inquiets, son visage maigre et ses yeux brûlants de poète, était à peine plus âgé que sa ravissante fiancée, la belle Hélène, comme on l'appelait, de l'avis de tous la plus belle fille du village, et la plus sérieuse aussi, car malgré sa popularité on ne lui avait pas connu d'autre « chevalier » que Simon Lord, comme si elle avait voulu fort romantiquement se préserver pour lui. Vu la fortune des Lord, de mauvaises langues, qui ne croyaient pas à sa pureté – pas au vingtième siècle! – disaient que la belle Hélène n'était qu'une petite arriviste qui avait simplement réussi à bien cacher son jeu : elle avait sans doute eu des amants, comme toutes les filles de son âge, mais elle avait joué aux vierges farouches pour être sûre de mettre le grappin sur un beau parti.

D'ailleurs, répétaient celles qui la jalousaient, sans doute avait-elle joué le même petit jeu avec Simon, qui était tombé amoureux fou d'elle en la voyant pour la première fois. Elle l'avait fait poireauter pendant des semaines, s'était laissé couvrir de centaines de fleurs et d'autant de poèmes – au grand désespoir de son père, Simon rêvait de devenir le Nelligan de sa génération! –, en un mot comme en mille, lui avait dit non jusqu'à ce qu'il lui propose le mariage, comme le faisaient les filles des générations anciennes, sans lui accorder rien de plus que de timides baisers et quelques caresses bien innocentes.

Maintenant, son fiancé semblait désespéré et ne savait plus comment garder une certaine contenance. Deux fois il avait discrètement soulevé – du moins le croyait-il bien naïvement car tout le monde l'avait vu faire – la manche gauche de son smoking pour vérifier l'heure sur la belle montre en or que son père lui avait donnée l'année précédente pour célébrer sa majorité. Mais maintenant, il n'avait plus besoin de le faire, il savait qu'Hélène était en retard, très en retard...

Il se demandait comme tout le monde – encore plus que tout le monde – ce qu'Hélène pouvait bien faire. Il évitait de croiser le regard de plus en plus irrité de son père, qui était assis au premier rang, à côté de sa mère aux yeux déjà humides d'émotion, et semblait se préparer du mieux qu'il pouvait – c'est-à-dire fort mal – à l'humiliation qui menaçait de manière de plus en plus imminente son fils, et par la même occasion toute sa respectable famille.

Le fiancé, qui semblait avoir déjà accepté le pire, même si c'était impensable, se disait qu'au fond il aurait peut-être mieux fait d'écouter son père, qui désapprouvait ce mariage pour au moins deux bonnes raisons, comme il le lui avait si abondamment expliqué. Son fils était trop jeune pour se marier, car il croyait qu'un homme doit faire un peu sa vie de garçon avant de la sacrifier à une femme, aussi ravissante soit-elle. Et puis il désapprouvait ce qu'il considérait comme une mésalliance : Hélène était belle, certes, mais elle n'était pas un beau parti. Elle était peut-être étudiante en droit, et une étudiante brillante, disait-on, mais son père n'était qu'un petit employé sans ambition et sans grand talent : à preuve, à cinquante-quatre ans, après trente ans de loyaux services, il n'avait même pas réussi à devenir contremaître ou directeur de son usine, où il n'était resté, comme à ses débuts, qu'un simple ébéniste.

D'ailleurs, depuis que l'usine avait été rachetée, quelques mois plus tôt, par un homme d'affaires d'une ville voisine, il n'était même pas certain de conserver son poste. Ce qui avait d'ailleurs créé tout un émoi, non pas seulement dans la famille d'Hélène, mais aussi dans tout le village, car Georges Desmarais, le nouveau propriétaire, était arrivé avec ses gros sabots et toutes sortes d'idées modernes, auxquelles les anciens employés résisteraient sûrement, d'où la nécessité de s'en défaire : on ne fait pas d'omelettes sans casser des œufs, expliquait-il à ceux qui s'indignaient de la brutalité de ses méthodes, même si ces œufs étaient des êtres humains, des familles.

Il avait d'ailleurs été invité au mariage – après tout, il était encore le patron du père d'Hélène et ne l'avait pas congédié malgré toutes les rumeurs – et, comme tout le monde, il se posait des questions et s'impatientait, assis au premier rang en compagnie de sa femme, dont l'élégance un peu tapageuse ne faisait pas oublier qu'elle avait au moins dix ans de plus que lui : son embonpoint florissant trahissait d'ailleurs ses cinquante ans bien sonnés.

Chose certaine, tout de suite, au village, on les avait trouvés mal assortis et on s'était mis à jaser : on disait qu'il ne l'avait épousée que par ambition, pour son argent, et qu'il le regrettait maintenant qu'il n'en avait plus besoin : il le lui faisait payer en multipliant les infidélités. Il n'était pas spécialement beau, même s'il se trouvait irrésistible : mais l'argent ouvre bien des portes, et aussi bien des lits.

Le visage maintenant livide, une lueur de désespoir dans ses très beaux yeux bleus, le fiancé passa nerveusement sa main sur son front pour repousser pour la dixième fois une mèche de ses blonds cheveux rebelles. Il pensa qu'il aurait dû se fier aux mauvais présages que le ciel lui avait envoyés. Poète dans l'âme, il voyait des signes partout – même là où il n'y en avait pas! Or le matin, il s'était tailladé le menton en se rasant lorsqu'il avait entendu un petit oiseau se briser le cou contre la baie vitrée de sa salle de bains. Non, il aurait dû écouter les signes que lui envoyait la vie et les admonestations de son père...

Mais la manière d'oublier Hélène, qui occupait toutes ses pensées et pour qui il avait même renoncé à ses illusoires ambitions littéraires? C'était le marché que son père lui avait proposé, pour ne pas dire imposé : il pouvait épouser cette Hélène, mais il devait en échange faire une croix sur la poésie et entrer le lendemain de son voyage de noces au bureau pour le seconder, chose à laquelle il s'était toujours refusé avec un farouche entêtement.

Pourtant, il faudrait bien qu'il se rende à l'évidence : sa fiancée avait changé d'idée!

Mais avant de sauter aux conclusions, comme tout le monde le faisait dans l'église, il lui faudrait quand même aller vérifier : il se montait peut-être la tête inutilement. Qui sait, Hélène avait peut-être simplement eu un ennui avec sa robe – ça s'était déjà vu! – une agrafe ne tenait pas, le bord s'était décousu ou elle ne parvenait pas à placer ses cheveux comme elle le désirait : elle était infiniment difficile avec ses cheveux, leur accordant une importance qu'il trouvait démesurée. Mais une femme reste une femme, même si elle est une future brillante avocate!

Son père le regarda, arrondit les yeux, tout en tapotant sa montre, l'air de lui dire : « Est-ce que tu vas faire quelque chose, maintenant? » Il allait lui obéir lorsqu'il aperçut enfin sa fiancée, escortée fièrement par son père. (Sa mère, qui avait vu aux derniers détails de sa toilette, avait emprunté discrètement une allée latérale pour venir prendre place à l'avant.) Jamais Simon n'avait trouvé sa fiancée aussi belle, dans sa magnifique robe blanche, avec ses yeux bleu sombre et ses longs cheveux noirs qu'éclairait un diadème piqué de fleurs de muguet! Ce fut plus fort que lui, il arbora le plus large sourire du monde, comme s'il venait de gagner à la loterie. Et, absorbé dans sa joie, il ne s'aperçut même pas que les invités, soulagés, s'étaient mis un peu stupidement à applaudir comme si c'était un exploit de se présenter devant le curé pour se marier.

Tout est bien qui finit bien : la cérémonie allait enfin commencer!

Enfin, dès que la fiancée rejoindrait son futur mari...

Mais elle marchait fort lentement, comme si elle manquait de force, comme si elle voulait être certaine de pouvoir saluer tous les invités – ou comme si elle n'était pas pressée d'arriver à l'autel! Ce qu'elle était belle, malgré une certaine pâleur et malgré, dans ses yeux, une sorte d'inquiétude : c'était sans doute l'émotion, la nervosité et puis aussi la fatigue, car le mois précédent – on était en mai – elle avait passé nombre de nuits blanches à étudier pour ses examens de première année de droit : elle craignait tant de décevoir son père!

Lorsqu'elle avait annoncé à ce dernier, quelques mois plus tôt, son intention de se marier, il avait été chagriné. Comme tous les pères du monde. Peut-être un peu plus que tous les pères du monde. Parce que c'était non seulement sa fille unique qu'il perdait, mais aussi la lumière de sa vie, sa joie, l'être au monde dont il était le plus fier car elle ferait ce qu'il n'avait jamais pu faire : des études universitaires. Pas n'importe lesquelles d'ailleurs : des études pour devenir a-vo-cate! Des études auxquelles il consacrerait d'ailleurs toutes ses économies s'il le fallait.

Oui, il avait été peiné – elle était si jeune : il lui semblait que l'année dernière encore il lui montrait comment monter à bicyclette! Peiné et étonné aussi parce que, devant leur adoration mutuelle, devant le peu d'intérêt qu'elle manifestait envers les hommes, tout le monde répétait qu'elle resterait vieille fille, qu'elle serait le bâton de vieillesse de son père. Et puis tout s'était passé très vite : elle avait rencontré Simon, il l'avait demandée en mariage, elle en avait demandé la permission à son père, qui la lui avait accordée sans paraître hésiter, pour ne pas gâcher le bonheur qui éclatait dans ses yeux, même si ensuite il avait pleuré toute la nuit. Pour la première fois de sa vie. Il faut toujours une première fois.

Enfin, monsieur Lemire laissa sa fille entre les mains de son futur gendre. Futur gendre : ça faisait drôle, dans sa bouche, cette expression pourtant banale. Et puis, même s'il le trouvait sympathique, même s'il n'avait jamais mis en doute la sincérité de ses sentiments à l'endroit de sa fille, il le trouvait un peu pâle, un peu maigrelet, quasiment efféminé. Chose certaine, il n'avait pas, comme lui, les larges mains d'un ébéniste! Simplement, il n'était pas de son monde, mais de celui des patrons : cela gênait un peu son enthousiasme à son endroit.

Futur gendre...

Chose certaine, il ne pensait pas devoir employer le mot si tôt. Mais rien n'était jamais sûr dans la vie, s'il y avait quelqu'un qui le savait c'était bien lui : qui aurait cru, il y a six mois, qu'il ne finirait pas ses jours là où il travaillait depuis trente ans? Mais depuis que l'usine avait été rachetée par son nouveau patron, Georges Desmarais, rien n'était plus certain. Au moins son patron avait-il accepté de venir au mariage de sa fille, ce qui voulait peut-être dire, en toute logique, que finalement il ne le remercierait pas, sinon aurait-il eu cette outrecuidance... Remarquez, il se croyait tout permis et il n'en était pas à une impertinence près...

Lorsque Hélène se retrouva enfin devant son fiancé, ce dernier était si heureux qu'il eut envie de l'embrasser tout de suite, même si le baiser vient évidemment plus tard dans la cérémonie. Mais il se retint et, à la place, fouilla nerveusement dans une de ses poches pour y récupérer les alliances, qui seraient nécessaires dans quelques secondes. De près, il trouva que sa fiancée était bien pâle et qu'elle n'avait pas l'air aussi heureuse que lui, en tout cas aussi heureuse qu'elle aurait dû l'être le jour de son mariage...

Mais il oubliait le surmenage de la fin de l'année universitaire, et puis le mariage est toujours plus éprouvant pour une femme que pour un homme, et ce, à partir du premier jour, la chose est connue...

Pourtant, lorsque vint pour sa fiancée le moment de prononcer le oui décisif, elle prit tout le monde par surprise – c'était la seconde surprise non pas de l'amour mais du mariage! – en demeurant muette. Le curé, un sexagénaire grassouillet au nez visiblement couperosé – il ne buvait pas uniquement du vin de sacristie et pas uniquement pendant la messe! – crut tout bonnement qu'il n'avait pas entendu la réponse de la mariée : il était un peu dur d'oreille et puis nombre de mariés, par nervosité ou timidité, perdaient un peu la voix et avaient peine à murmurer leur réponse. Sourire aux lèvres, il pencha la tête vers la mariée et répéta la question : « Acceptez-vous de prendre pour époux Simon Lord, ici présent? »

Elle ne répondit pas tout de suite, comme si elle hésitait encore. Son fiancé la regarda, inquiet, pour mieux dire catastrophé, comme si maintenant il savait ce qu'elle allait dire, ou plutôt ne pas dire. Et il pensa que les signes ne trompent jamais, et un goût de sang lui monta dans la gorge, et il entendit à nouveau le bruit sourd de l'oiseau qui se rompait le cou contre la vitre : lui, c'était son cœur qui se brisait, et à tout jamais.

Les invités à nouveau s'étaient mis à murmurer : on le ferait à moins, d'autant qu'ils avaient été passablement échaudés par le retard surprenant de la mariée!

Le curé, moins confiant, fronça les sourcils, et s'apprêtait à répéter une dernière fois la question, mais la fiancée ne lui en laissa pas le temps et dit :

— Je ne me sens pas bien...

Et il est vrai qu'elle n'avait pas l'air dans son assiette. Un instant, on crut même qu'elle allait s'évanouir, car elle vacilla légèrement cependant qu'elle portait la main droite à sa bouche.

— Veux-tu t'asseoir un instant, ma chérie? demanda son fiancé.
— Oui, dit-elle, puis comme il la prenait par le bras et la dirigeait vers un des bancs de la première rangée resté libre, elle précisa, d'une voix faible :
— Non, pas ici. Il y a trop de monde, je préfère être seule avec toi...

Alors il la ramena vers la petite salle d'où elle venait de sortir et où sa mère s'empressa d'aller la rejoindre, pendant que son père rassurait les invités et, au premier chef, d'ailleurs bien inutilement, le père du marié, qui dissimulait malaisément le contentement qui commençait à poindre en lui. La contrariété, l'humiliation du début passées, il se disait qu'au fond c'était mieux ainsi. Ce mariage bancal, qui ne devait pas avoir lieu, n'aurait pas lieu : sa volonté triomphait comme elle avait toujours triomphé!

Dans la petite salle à l'arrière de l'église, Simon fit tout de suite asseoir sa fiancée, de crainte qu'elle ne fût prise de faiblesse. Il regarda autour de lui. Il aperçut différents objets de culte, un vieux candélabre terni, un calice, devant un ancien tabernacle qui ne servait plus depuis longtemps mais où le curé remisait commodément ses meilleures bouteilles de bordeaux. Mais surtout, à côté de ces objets devenus inutiles, un petit évier salvateur : Simon s'empressa de verser un verre d'eau fraîche à sa fiancée, qui se contenta d'y tremper timidement les lèvres avant de le repousser sans rien dire.

Sans rien dire...

Elle ne disait rien, alors qu'il aurait tant aimé qu'elle lui dise quelques mots, les seuls mots qu'il voulait entendre : qu'elle avait seulement un malaise, que ce n'était qu'un contretemps, qu'elle voulait toujours se marier...

Mais elle se taisait, elle penchait la tête, comme si elle était fatiguée ou honteuse – ou les deux. Et lui ne savait trop que lui dire, il se contentait de la regarder comme s'il avait appris qu'elle souffrait d'un cancer contre lequel il n'y avait rien à faire.

— Laisse-nous un instant, je vais lui parler... dit la mère d'Hélène qui venait de faire son entrée : c'était une femme pas très grande et un peu boulotte, avec un joli visage rose, des cheveux encore très noirs et des yeux bleus dont avait hérité sa fille.

Simon ne protesta pas, s'éloigna de quelques pas : il fallait sans doute qu'elles se parlent entre femmes. La mère de sa fiancée saurait trouver les mots.

Alors la mère d'Hélène, calmement, d'une voix amicale mais ferme, lui répéta ce qu'elle lui avait déjà dit plus tôt, avant qu'elle ne paraisse dans l'église.

— C'est normal que tu sois nerveuse, ma petite poule, toutes les femmes sont nerveuses le jour de leur mariage.

Hélène ne disait rien, restait la tête penchée, pensivement.

— Et puis si c'est pour ta nuit de noces, il ne faut pas que tu t'en fasses... poursuivit sa mère, mais en abaissant prudemment le ton. Tu sais, moi aussi, ce soir-là, j'étais morte de peur... mais je me suis rendu compte que ton père l'était aussi, alors nous avons attendu... Je suis sûre que ton mari va comprendre si tu ne te sens pas prête, et qu'il ne te forcera pas...

Hélène ne disait toujours rien.

— Allez, lui dit sa mère d'une voix plus énergique, il faut aller de l'avant, maintenant. Vous vous aimez... enfin tu l'aimes encore, ton fiancé, tu n'as pas changé d'idée à son sujet...
— Non... dit Hélène.

Et sa mère ne sut pas trop si elle disait non pour la première ou la deuxième question, et elle ne fut pas plus avancée. Elle dut répéter :

— Tu aimes encore Simon, n'est-ce pas?

Alors Hélène leva la tête, regarda sa mère et dit :

— Oui, je l'adore...

Mais en disant cela, elle se mit à pleurer. Ce que voyant, sa mère, malgré tout le sang-froid dont elle faisait habituellement preuve, l'imita.

Simon, qui n'avait pas entendu la conversation des deux femmes, s'approcha, osa demander à Hélène :

— Est-ce que tu m'aimes encore?

Elle leva vers lui ses beaux yeux bleus que des larmes baignaient :

— Je t'aime comme au premier jour, dit-elle.

Elle ne le lui avait jamais dit, mais elle l'avait effectivement aimé, comme il l'avait aimée, dès qu'elle avait posé les yeux sur lui. Un coup de foudre, en somme, mais qu'elle avait tenu secret par une prudence toute féminine, parce que parfois les garçons s'éloignent des filles lorsqu'ils sont trop facilement aimés d'elles...

— Alors si tu m'aimes, dit-il avec un immense soulagement, rien n'est plus grave, rien n'a d'importance, on va remettre la cérémonie, si tu ne te sens pas bien... Les autres, on s'en fout...

Elle le trouva si gentil de se montrer ainsi compréhensif qu'elle redoubla de pleurs. Sa mère, elle, avait retrouvé sa contenance. Elle dit d'un ton un peu sec, où perçait une certaine impatience :

— Écoute, Hélène, si vous vous aimez tous les deux, je ne vois pas pourquoi on devrait remettre la cérémonie, c'est de l'enfantillage pur et simple... Il y a ici plus de cent personnes à qui tu vas faire beaucoup de peine, à commencer par ta mère... Et puis, pense un peu aux parents de Simon, à leur humiliation, si ce mariage ne se fait pas... Non, ça ne se fait pas, ça ne se fait vraiment pas... Tu vas te lever et tu vas faire une femme de toi...

Malgré la fermeté et le bon sens indéniable du discours maternel, Hélène ne se leva pas, et se contenta de dire, d'un ton désespéré :

— Je ne peux pas, maman, je ne peux pas, c'est impossible...
— Si c'est impossible, tu vas me dire pourquoi, dit sa mère en haussant le ton, car l'obstination de sa fille commençait à l'exaspérer sérieusement.
— Je ne peux pas, maman, je ne peux pas. S'il te plaît, n'insiste pas...

Elle allait au contraire insister, mais le curé fit son entrée, accompagné du père d'Hélène qui venait aux nouvelles, car dans l'église, à nouveau, les invités s'interrogeaient.
Ce fut le curé qui parla le premier. Il s'adressa à Hélène comme à une brebis perdue :

— Tu sais, mon enfant, le mariage est un chemin qui est parfois semé d'embûches, mais c'est la volonté de Dieu que vous vous unissiez aujourd'hui, toi et Simon... Vous allez fonder une famille, avoir des enfants que vous allez élever dans l'amour de Dieu...

— Je suis enceinte, laissa tomber Hélène contre toute attente.

La consternation fut si grande, dans la petite salle, que pendant quelques secondes personne ne dit rien.

Le sang du père d'Hélène ne fit qu'un tour et, sans réfléchir à ce qu'il devait faire ou dire, instinctivement, il se jeta au cou de Simon pour l'étrangler. Malgré ses cinquante ans passés, il conservait une force peu commune, et il aurait sans doute étouffé l'infortuné fiancé comme un vulgaire poulet si Hélène n'avait pas bondi de sa chaise pour le calmer.

— Arrête, papa, arrête, je t'en supplie, ce n'est pas Simon! Simon n'est responsable de rien...

Le père se calma, relâcha Simon qui put enfin respirer, replacer son nœud papillon noir et le col de son smoking.

— Si ce n'est pas Simon, alors c'est qui? Ce n'est certainement pas le Saint-Esprit... protesta le père.

Tout le monde prêta l'oreille, surtout le principal intéressé, bien entendu, le pauvre Simon, qui allait de surprise en surprise en ce jour qui devait être le plus beau de sa vie et qui se transformait en véritable cauchemar : il aurait dû croire aux présages du matin... Car si lui aussi ne savait pas, une seconde plus tôt, que sa fiancée était enceinte, il était sûr d'une chose, douloureuse, insupportable, c'est qu'elle ne pouvait être enceinte de lui, parce qu'ils n'avaient jamais été jusqu'au bout. Alors elle était enceinte d'un autre, et cela voulait forcément dire qu'elle lui avait joué la comédie, qu'elle lui avait menti et que les mauvaises langues du village avaient dit vrai pour une fois : elle avait eu des amants avant lui, et même, selon toute évidence, pendant leurs fiançailles. N'était-ce pas pour cette raison d'ailleurs qu'elle avait finalement accepté de l'épouser, pour éviter la honte quand elle avait appris qu'elle était enceinte d'un autre homme qui n'avait pas voulu d'elle? Son visage se défit : jamais il n'avait autant souffert.

— Est-ce que tu vas parler, à la fin? s'exaspéra le père d'Hélène.

Elle leva vers lui ses beaux yeux dévastés par une détresse infinie et se contenta de dire :

— Je ne peux pas parler, papa, même si je voulais, je ne le pourrais pas, alors, s'il te plaît, cesse de me questionner. Et vous tous, ne me posez plus de questions, laissez-moi seule, laissez-moi seule, si vous saviez comme je suis malheureuse...

Et alors, dans un geste d'exaspération, elle arracha son diadème joliment piqué de muguet, le jeta par terre, et tout le monde comprit que le mariage n'aurait pas lieu.

Ce fut d'ailleurs ce que comprit aussi Georges Desmarais, qui choisit précisément ce moment pour faire son entrée dans la petite salle : il s'était spontanément fait le porte-parole des autres invités.

Il vit le diadème sur le plancher, les larmes d'Hélène, la consternation de ses parents, du fiancé, du curé.

Lorsque Hélène l'aperçut, tout son visage se décomposa, l'expression de sa bouche se durcit et dans ses yeux se mit à briller toute la haine, tout le mépris, tout le dégoût du monde. Il vit son regard, il sentit toute la détestation qu'il contenait, et malgré son assurance il eut un mouvement de recul et il écarquilla les yeux, comme s'il était terrorisé, peut-être pour la première fois de sa vie.

Alors tout se passa très vite. Le père d'Hélène vit le regard de sa fille, et il vit celui de son patron, et il comprit ce qui s'était passé. Ou son instinct de père le comprit à sa place, parce qu'il lui semblait pouvoir lire dans les pensées de sa fille. Et ce que sa fille lui disait en ce moment, ce qu'elle lui criait, c'était simple, c'était clair comme l'eau du ruisseau qui coulait dans le village : c'était cet homme ignoble qui l'avait engrossée.

Il aperçut le calice près du tabernacle, s'en empara et se précipita vers son patron. Sa femme eut bien le temps de lui crier :

« Gérard, qu'est-ce que tu fais? » Mais il était trop tard. Il ne frappa son patron que d'un seul coup de calice, un seul coup à la tête. Georges Desmarais s'effondra, il eut un tremblement, comme une convulsion, puis il s'immobilisa tout à fait, alors qu'un large filet de sang coulait de sa tête, et tout le monde comprit qu'il était mort sur le coup.

— Gérard, mais tu es fou?! Te rends-tu compte de ce que tu as fait? cria sa femme qui vint le trouver.

Le calice encore dans sa main meurtrière, il ne disait rien, le regard vide, comme s'il ne réalisait pas ce qu'il venait de faire. Et pourtant il avait le sentiment qu'il avait fait ce qu'il devait faire, que justice avait été rendue.

Il y avait une seule personne qui savait avec certitude qu'il avait eu raison de s'emporter, qu'il avait vu juste : c'était Hélène.

Car c'était effectivement de Georges Desmarais qu'elle était enceinte, et ce n'était pas parce qu'il était son amant : comment pareille chose aurait-elle été possible, de toute manière? Elle le trouvait répugnant, avec ses puantes eaux de toilettes, son assurance de play-boy patenté et sa manière dégoûtante de déshabiller toutes les femmes du regard.

Mais quelques semaines auparavant, la soupe avait commencé à être chaude à l'usine, et son papa, son petit papa adoré avait commencé à en faire un ulcère d'estomac, un ulcère qui allait le tuer : ses chances de conserver son poste étaient pour ainsi dire nulles. Et à son âge, se replacer, malgré son talent, son expérience, c'était bien improbable, parce que c'étaient des choses qui ne voulaient plus rien dire aujourd'hui...

Alors, un soir, après les heures de travail, sans solliciter un rendez-vous, Hélène avait pris son courage à deux mains et était allée trouver le patron de son père, qui avait la réputation de faire de longues heures. (Elle était étudiante en droit, après tout, et se faisait forte de trouver les arguments pour qu'il garde son père.)

Elle l'avait effectivement trouvé dans son bureau, en train de déguster, comme il le faisait invariablement après chaque journée de travail, un verre de scotch. Il lui en avait offert un, qu'elle avait refusé : elle n'était pas là pour s'amuser, mais pour lui expliquer qu'il était en train de faire une erreur, une terrible erreur, que son père était l'un des hommes les plus aimés du village et que s'il le remerciait il s'attirerait l'inimitié durable de tous les villageois, sans compter qu'il perdrait l'un de ses meilleurs employés.

— Qu'est-ce que tu es prête à faire pour ton père? lui avait-il demandé avec un sourire équivoque.

Tout de suite elle avait vu où il voulait en venir, car dès qu'elle avait franchi la porte de son bureau, qu'il s'était d'ailleurs empressé de refermer derrière elle, elle lui avait plu. Il ne lui avait pas laissé le temps de répondre, il s'était pour ainsi dire jeté sur elle et, comme elle protestait, il l'avait menacée : si tu ne te laisses pas faire, ton père est congédié demain matin.

Il avait vu tout de suite la perfection de la situation, mais elle avait vu elle aussi la perfection de son douloureux sacrifice : si elle parlait, il congédiait son père, mais s'il congédiait son père, c'est elle qui parlait. Elle l'accuserait de viol, car il allait la violer, elle le savait.

Et c'est ainsi qu'elle s'était sacrifiée. Il l'avait prise, brutalement, sur le canapé de son bureau où il avait retroussé d'autres jupes. Il lui avait ravi sa virginité sans qu'elle dise un seul mot, et ne s'était même pas excusé lorsqu'il avait vu quelques gouttes de sang maculer son canapé.

Maintenant, c'était son sang à lui qui coulait et formait, sur le plancher de la petite salle, une grande mare.

Consternée, même si elle savait fort bien pourquoi il avait commis ce geste qui avait pris tout le monde par surprise, Hélène se précipita vers son père et le serra dans ses bras. Elle s'était remise à pleurer – il lui restait encore quelques larmes même si, depuis qu'elle avait appris qu'elle était enceinte de ce goujat de Desmarais, elle avait cru pleurer toutes les larmes de son corps : il en reste toujours quelques-unes, en cas de malheur!

— Oh! mon petit papa adoré, pourquoi as-tu fait ça, pourquoi as-tu fait ça? Qu'est-ce qui va t'arriver maintenant, qu'est-ce qui va t'arriver?

Il ne dit rien mais laissa tomber le calice devenu inutile.

Une invitée fit alors son entrée dans la petite salle : elle aussi se demandait ce qui pouvait bien s'y passer. Elle vit la scène, poussa un cri d'effroi et, sans faire ni une ni deux, retourna dans l'église : il y avait un policier qui avait été invité à la noce.

Alors Simon pensa à la douleur terrible de sa fiancée qui perdrait son père adoré, il pensa que, de toute manière, les affaires paternelles dont il avait consenti à s'occuper ne lui feraient jamais oublier la poésie, il pensa qu'une seule chose au monde comptait pour lui : le bonheur d'Hélène.

Et lorsque le policier en civil revint, Simon tenait dans sa main le calice.

MARC FISHER

NOTICE BIOGRAPHIQUE

Né à Montréal le 13 mars 1953, Marc Fisher (né sous le nom de Marc-André Poissant) connaît une enfance sans histoire dans la petite banlieue de Duvernay.

À quinze ans, souffrant d'un souffle au cœur, il est obligé de limiter considérablement ses activités physiques et il se réfugie dans ses livres. Il est si absorbé par son apprentissage de romancier qu'il ne terminera pas ses études universitaires en littérature et en philosophie.

Pour gagner sa vie, il enseigne le yoga jusqu'à sa vingt-cinquième année, durant laquelle il publie son premier roman, puis occupe diverses fonctions dans le monde de l'édition. À trente-cinq ans, sur la recommandation de son agent littéraire londonien, il prend le nom de plume de Marc Fisher. C'est cette année-là qu'est publié *Le Millionnaire*, son premier grand succès, qui sera traduit dans plus de vingt langues et sera vendu à plus d'un million d'exemplaires.

Premier titre publié par Québec Loisirs :
Mariage à Hollywood
Troisième trimestre 1994

PHOTO : Lanctôt Éditeur

Béni des dieux

Pauline Gill

Éric, fils unique du couple Grenier, est né en cette période où toutes les mères rêvaient de mettre au monde un autre Éric Charden. Madame Grenier sera l'une des rares privilégiées dont le garçon n'héritera pas que du prénom de l'idole. Ses traits physiques s'y apparentent, son entregent, et, miracle, sa voix. Miracle, parce qu'aucun membre des deux familles parentales n'avait assez de talents pour chanter, ne serait-ce que dans une chorale paroissiale.

Éric n'a que cinq ans lorsqu'il est sollicité comme soliste à la messe de minuit de sa paroisse et lors d'événements spéciaux. Il mettra plus de cœur à participer à des concours de jeunes vedettes et, plus tard, à des festivals de la chanson tel celui de Granby qu'à réussir ses apprentissages scolaires. Il suffit de mettre un micro dans les mains d'Éric Grenier pour que le clown se métamorphose en rossignol. « Votre fils se destine à une carrière très prometteuse », clament les agents qui font la file à la sortie d'un spectacle. « Une carrière internationale », dira cet autre qui l'aura entendu chanter sur les Plaines d'Abraham, le soir de la Saint-Jean.

À peine son ombre l'a-t-il précédé dans un bistrot, une taverne ou une brasserie qu'il est traîné sur la scène, submergé d'applaudissements, forcé d'avaler l'une après l'autre les trois bières qui devraient noyer son trac. Et Éric chante, tirant les larmes des petites dames et les sifflements des admirateurs. Pas un rond à verser pour la douzaine de drinks ingurgités. Taxi à la porte, gratuit, en fin de soirée.

« Je suis béni des dieux », dira Éric en racontant sa vie à Stéphan, un nouvel ami, psycho-éducateur de métier. À ceux qui, comme Stéphan, s'informent de l'orientation de ses études, il répond qu'il n'a pas à s'en préoccuper :

« Ma carrière est déjà toute tracée devant moi.
— Ce n'est pas facile de faire sa place dans ce monde-là...
— Pour moi, ça va l'être. Regarde, j'ai plus de demandes que je suis capable d'en accepter. Je te le dis, les obstacles se tassent de la route quand ils me voient arriver...
— Tes parents aussi, je gage? »

Éric s'esclaffe.

« Tu devrais voir ma mère et ma petite sœur... Tout ce qu'elles font pour ménager la vedette de la famille.
— Puis de tes virées, qu'est-ce qu'elles disent?
— Elles sont super contentes. »

Stéphan fronce les sourcils. Éric comprend qu'il ne s'agit pas de ses tournées de chansons. « Ah, ces virées-là? Il ne faudrait pas que ça vienne aux oreilles de ma maman. »

Chanter en soirée, boire la nuit, dormir le jour, voilà qui finit par plonger Éric dans une lassitude qui prend de plus en plus l'allure d'une dépression. L'amuseur ne s'amuse plus. Sa voix en donne des signes. Les commentaires de certains fêtards, aussi.

Une balade sur les Plaines d'Abraham, un tronc d'arbre contre lequel s'adosser, à l'écart du monde entier, un paquet de cigarettes à griller, voilà qui devrait favoriser la réflexion d'Éric. Le bilan de ses vingt ans passés, une tentative avortée d'imaginer ceux qui viennent lui laissent un goût amer dans la bouche. Le clown a l'impression de tourner en rond, non plus sur une scène qui frémit sous les ovations, mais sur le parquet de sa vie qu'il regarde pour la première fois. « Un voyage! C'est ce qu'il me faut. » Heureux de sa trouvaille, Éric chante « la pomme » à sa mère et parvient à se faire payer ses billets d'avion pour le Pérou. « Un pas vers une carrière internationale », lui dit-il.

À Equitos, comme au Québec, les tribunes les plus faciles à conquérir se trouvent dans les bars. Il suffit d'y entrer avec un teint pâle, un chapeau de cow-boy sur la tête et une guitare sous le bras pour s'y faire adopter. Quelques chansons espagnoles de son répertoire, des succès américains à profusion, quelques ballades françaises dont la mélodie se passe de mots et voilà, son nom court sur toutes les lèvres pulpeuses des clients et des gérants. « Je suis béni des dieux », se répète Érico en comptant la liasse de sols gagnés en trois semaines. Un succès que le propriétaire de la Travialta décide de fêter en mettant au service d'Érico le bar complet, et les serveuses en bonus.

La fête dure tant et si bien qu'Éric reprend contact avec la réalité, sa réalité, une dizaine de jours plus tard. Une dizaine, peut-être bien une douzaine... De derrière une paupière à peine soulevée, il reconnaît le plafond de sa *casa* de fortune. Coincé dans ce qu'il croyait être ses couvertures, il découvre qu'il est couché tout habillé, dans des vêtements d'une odeur nauséabonde. Une urgence s'impose : sortir du lit au plus vite et passer sous la douche.

« Ayoye! Ayoye! Mon ventre. Mon dos. Mes jambes. Ma tête. » Au moindre mouvement, des douleurs dans toutes les articulations lui révèlent qu'il a pu passer de mauvais quarts d'heure dans les mains... d'il ne sait qui. « Je n'ai pas l'habitude d'être violent quand je suis en boisson, pourtant. J'ai dû être provoqué », se dit-il, jugeant de ce fait qu'il est dans son intérêt de sortir de cette ville le plus vite possible : le temps de rassembler des vêtements propres, de se diriger en catimini vers la douche située à quelques pas de sa *casa* et de ramasser l'essentiel.

« Mais veux-tu bien me dire ce qui m'est arrivé? » se demande-t-il en apercevant sur son corps dénudé deux coupures drôlement rafistolées, l'une sur un genou et l'autre au bas-ventre. « Il fallait que je sois saoul pas à peu près pour ne pas me souvenir d'avoir reçu pareils coups. Qui a bien pu me faire ça? Et pourquoi? À moins que je sois tombé d'une moto... » Éric a beau se taper le front, aucun souvenir ne remonte à sa mémoire. « Ouais, eh bien tu viens de faire la dernière virée de ta vie, mon bonhomme », se dit-il, foulant dans son sac à dos ce qui vaut la peine d'être rapporté. D'accord pour la guitare, mais le chapeau western va rester là. Pas question d'attirer l'attention de qui que ce soit.

Dans la poche de son veston, Éric trouve juste assez d'argent pour payer l'aller en autobus vers l'aéroport. Il n'a ni le courage ni le temps de fouiller ses bagages pour trouver la récolte de son mois de chanteur à l'étranger. En file d'attente derrière quelques Péruviennes et leurs petits, il vide ses poches, scrute tous les replis de son porte-monnaie, et n'y trouve qu'un billet de cinq dollars américains. Plus de carte de crédit. « Perdue dans ma cuite », présume-t-il, dépité.

« Je vous le dis, maman, j'avais gagné l'équivalent de deux mille piastres...

— Je te l'avais dit de ne pas faire confiance à cette race de monde-là. En tous les cas, l'important, c'est que tu sois encore vivant, mon petit garçon. Je vais m'arranger pour que tu puisses revenir par le prochain vol. Prends mon numéro de carte de crédit, au cas où tu en aurais besoin. »

« Je suis vraiment béni des dieux! » se dit Éric à bord de l'avion qui le ramène à Montréal.

Douze heures de vol. L'équivalent d'une journée à chercher comment réorienter sa vie. « Être utile à quelqu'un, à quelque chose... » Cogiter à travers des plages de sommeil tourmenté, trouvant obstacle tantôt de son âge, tantôt du temps d'études requis, tantôt du renoncement à un train de vie et à un budget auxquels il s'est habitué depuis quatre ans, voilà qui résume le temps passé dans cet avion, « les jambes raboudinées dans un espace grand comme une cage à poule ».

« Vous alliez oublier votre guitare, monsieur, dit la dame qui lui avait cédé sa place près du hublot.

— Merci, madame. Très gentille. Merci.»

« Si je voulais un signe, j'en ai tout un, là », se dit Éric. Abandonner la chanson, quelle déception pour sa mère et sa sœur! Quelle victoire pour son père!

Somme toute, ce voyage ne l'aura pas éclairé sur ce qu'il doit faire, mais au moins Éric saura-t-il davantage ce qu'il ne veut plus faire.

« T'as travaillé fort, mon pauvre petit garçon! s'exclame sa mère en l'accueillant à l'aéroport de Mirabel.

— En plus que c'est fatigant, douze heures d'avion... »

Dans la salle des toilettes, où il demande de passer avant d'entreprendre le trajet vers Québec, Éric recule devant le visage blafard que lui renvoie le miroir. « Elle a raison, ma pauvre maman. J'ai l'air drôlement amoché. Faudrait surtout pas qu'elle voie ce que j'ai au genou et sur le ventre... »

De retour sous le toit familial, Éric prétexte un immense besoin de sommeil, ne sort de sa chambre que pour de brefs moments, ou attend d'être seul dans la maison. « Je me donne encore trois jours pour me trouver du travail », se dit-il, après en avoir passé autant en réclusion, rayant de la liste des offres d'emploi du *Soleil* chaque numéro de téléphone composé inutilement.

« Serveur? Je n'ai pas d'expérience comme tel dans ce domaine, mais je suis habitué de travailler dans le public...

— À faire quoi, monsieur?

— Chansonnier.

— Intéressant, passez me voir entre deux heures et quatre heures. »

Malgré des efforts concentrés, Éric clopine, tant son genou est douloureux et son ventre mal en point.

« Vous allez être capable de travailler avec ça? lui demande le gérant du Normandin qui insiste pour voir son genou.

— Pas de problème, monsieur. C'est presque tout guéri. »

D'abord déçue de la nouvelle, madame Grenier trouve à se réjouir que son fils accepte une tâche si en deçà de ses talents, « le temps de récupérer l'argent qu'on lui a volé au Pérou ».

« Ça prouve qu'il a du cœur au ventre, votre Éric, lui disent ses amies.
— Et qui sait si, en travaillant dans un restaurant, il ne retournera pas bientôt à la chanson? »

Un jeune homme vient d'entrer au Normandin et file vers une table au fond de la salle. Éric s'empresse de lui porter une tasse de café, sans qu'il ait à la demander, comme le veut le gérant.

« Mais je te connais, toi, s'écrie le client.
— Stéphan! Ça fait bien deux ans qu'on s'était perdus de vue. T'as pas changé d'un poil.
— Je pourrais pas en dire autant de toi, mais ça me fait énormément plaisir de te revoir. Tu travailles jusqu'à quelle heure?
— Je termine à minuit, c'est moi qui ferme ce soir.
— On pourrait aller prendre une bière au Saint-Germain.
— Désolé, mon vieux, il est fini mon trip de bière.
— Pas sérieux. Qu'est-ce qui t'est arrivé?
— Je te raconterai. Viens me retrouver ici, vers onze heures et demie. J'aurai fait du bon café... »

Éric sort de cette rencontre résolu à terminer la saison estivale au Normandin, sans plus.

« Savez-vous où j'aurais mis mes bulletins scolaires, maman?
— Tu sais bien que je les ai toujours conservés précieusement. Ils sont là, dans le classeur, à la lettre B. »

Madame Grenier, adjointe du sous-ministre des Affaires sociales et organisatrice électorale, s'y connaît dans le rangement des documents.

« Tu veux seulement les regarder ou...
— J'en ai besoin pour mon inscription au cégep. »

Deux ans et demi de cours et six mois de stage allaient faire d'Éric Grenier un éducateur passionné.

Au centre d'accueil, il allait, pour la première fois, reprendre sa guitare et chanter. Toutes ses expériences, tant son voyage que son travail dans la restauration, trouvent du même coup leur raison d'être. « Je suis vraiment béni des dieux », constate-t-il, alors que, simple éducateur TPO (temps partiel occasionnel), il travaille trente-huit heures chaque semaine, à quatorze dollars l'heure, auprès d'une clientèle qui le fascine, l'allume et lui redonne le goût du sport.

Personnage des plus colorés, il lui aura fallu moins de deux mois pour que tout le personnel du centre sache qu'Éric Grenier c'est le grand de six pieds à la face de clown qui utilise des méthodes de rééducation très originales auprès des jeunes et qui s'adresse à ses collègues et à ses supérieurs avec un franc-parler désarmant. Aucun de ceux-là ne demeurera indifférent en apprenant, un an plus tard, qu'il s'est sérieusement blessé à un genou lors d'une partie de « hockey cosum » avec les groupes de deux unités.

En congé de maladie, Éric se promène en physiothérapie en attendant un rendez-vous en radiologie. Les hôpitaux souffrent d'une pénurie de personnel et Éric, d'une douleur constante qui l'immobilise à la maison. Il est même incapable de pourvoir aux besoins de Grolsh, son meilleur ami à qui il doit trouver une pension et qu'il se résignera à confier à la Société protectrice des animaux.

Éric vit, dans une solitude infernale, le deuil de tout ce qui nourrissait un enthousiasme et une jovialité qu'on eût cru, chez lui, indéfectibles.

Après neuf semaines de soins « inefficaces » en physiothérapie, Éric passe enfin sur la table de radiologie, et pour son genou et pour le bas de son dos qui, occasionnellement, lui cause des douleurs diffuses.

« Le rapport devrait arriver au bureau de votre médecin dans une dizaine de jours.

— Est-ce que je continue ma physio en attendant?

— Ça ne devrait pas être nécessaire », répond le radiologiste, pressé d'appeler le « suivant ».

Dix-sept jours d'attente invivable pour apprendre : « Votre genou est parfait, mon cher monsieur. Vous pourrez reprendre le travail dès lundi prochain. » Éric bondit.

« Mais vous êtes malade! Je ne suis pas capable de redresser ma jambe, de marcher sans canne, de dormir comme tout le monde tant ça fait mal, et vous dites que mon genou est parfait?

— On a vu de ces cas où des patients, non moins costauds que vous l'êtes, ont inconsciemment entretenu leur douleur...

— Faut pas me connaître pour penser que je puisse être de ce genre. Je suis un hyperactif, moi, docteur. Demandez à ma mère... »

Le médecin va vers le classeur, en ressort l'enveloppe reçue du département de radiologie et en examine le contenu en grommelant.

« Dites-moi, monsieur Grenier, en quelle occasion vous a-t-on placé une plaque de métal dans le genou?

— Quoi? Je n'ai jamais été opéré au genou. Vous vous êtes trompé de dossier, docteur. La joke!

— Votre date de naissance, c'est bien le 28 mai 1972?

— Oui.

— Vos parents se nomment bien Maxime Grenier et Geneviève Bellemare?

— Oui.

— Votre mère ne vous a jamais dit que... Depuis quand n'avez-vous qu'un rein, monsieur Grenier? »

Jamais Éric n'avait subi d'intervention chirurgicale, sauf peut-être... au Pérou. Victime de vol d'organe, Éric Grenier.

Identifié au genou comme un animal de race, Éric Grenier.

« Je suis vraiment béni des dieux de m'en être sorti vivant! »

PAULINE GILL

NOTICE BIOGRAPHIQUE

Originaire de la côte sud, Pauline Gill vit à Longueuil depuis trente ans.

Ayant une solide formation d'enseignante aux niveaux primaire, secondaire et collégial, elle a été active dans le monde de l'enseignement dès l'âge de dix-sept ans.

Chargée de cours au collège Marie-Victorin en sociologie, en gérontologie et en histoire du Québec, elle y travailla de 1988 à 1998. Elle a aussi été chercheuse pour l'INRS.

Auteure de sept ouvrages, dont trois best-sellers, elle a également écrit des dizaines d'articles en français et en anglais. Conférencière estimée, elle a prononcé une bonne centaine de conférences, surtout à la suite de la publication de son livre *Les Enfants de Duplessis*, en 1991.

Premier titre publié par Québec Loisirs :
Les Enfants de Duplessis
Premier trimestre 1992

PHOTO : Josée Lambert

Miroir, miroir, dis-moi qui est la plus belle...

Marie Gray

Jeudi 1ᵉʳ juin, vingt-deux heures trente.

Ah! Cher journal, il y a si longtemps que je me suis confiée à toi. Trop longtemps, je sais, mais tu comprends le genre de vie que je mène. Mais aujourd'hui, malgré la fatigue et l'heure qui avance à une vitesse folle, il faut que je te dise... Je viens de croiser mon regard dans le miroir. Rien d'inhabituel, je fais ma toilette tous les soirs de la même façon. Mais ce soir, et pour la première fois depuis très longtemps, je me suis trouvée belle. Tout à coup, j'ai entendu dans ma tête comme un écho du passé, cette question qui a empli mes jeunes jours rêveurs, cette phrase évocatrice de jolies princesses et de méchantes fées : « Miroir, miroir, dis-moi qui est la plus belle? » Et là, maintenant, je me suis dit : « C'est moi! C'est moi la plus belle », du moins aux yeux d'un très séduisant jeune homme...

Je sais, je devrais amplement me contenter de l'amour de Guillaume, un homme qui, somme toute, comblerait le cœur de bien des femmes; il m'aime. Il m'aime depuis le jour où nous nous sommes rencontrés. Et à ses yeux, je suis toujours la même qu'il y a dix ans : jeune, mince, pleine d'énergie et de vitalité... Il ne le dirait jamais à voix haute, mais je le vois dans ses yeux et dans mille et un gestes...

Je sais que Guillaume est presque aveugle aux signes des années qui se sont déposés sur nos corps, nos visages. Il idéalise notre relation depuis le début et il ignore – ou choisit d'ignorer – le

105

fait que nous ne sommes plus tout à fait les mêmes. Je sais surtout qu'il s'en fout. Et, au fond, je m'en fous aussi. Lui et moi, c'est pour la vie. Oui, oui, je pense ce que je dis et je sais qu'il le pense aussi, même s'il ne lui viendrait jamais à l'idée de m'en rassurer. Le simple fait qu'il soit toujours là devrait me suffire. Et la plupart du temps, effectivement, ça me suffit. Je l'aime. Mais oui, je l'aime! Nous avons traversé bien des choses ensemble. On en a fait des conneries de jeunesse avant de se connaître, ça c'est sûr. Et on en a goûté, des corps... du moins plus qu'il n'en fallait pour que nous puissions nous satisfaire l'un de l'autre depuis tant d'années. Mais on a surtout donné naissance à Geneviève, notre perle, notre princesse. Geneviève sans qui la vie serait si terne; Geneviève qui sait si bien, du haut de ses quatre ans, nous faire voir l'essentiel, nous laisser nous émouvoir de la beauté parfois si anodine de tout ce qui nous entoure. Mais c'est Geneviève aussi qui, dans toute son innocence, nous a transformés, Guillaume et moi, d'un couple d'amants passionnés en parents responsables, tranquilles, un peu pantouflards et aux trop rares nuits d'amour effréné.

Tout cela n'a pas vraiment d'importance car j'ai toujours cru en l'Amour. Quand, enfant, maman me narrait des contes de fées, je me faisais prendre au jeu. Je m'imaginais pouvoir choisir, une fois devenue grande et belle, le prétendant le plus beau, le plus riche, le plus charmant. Je ne pensais pas, à l'époque, que même M. Prince Charmant perdrait sans doute un peu de son attrait après dix ans... qu'il deviendrait, comme tout autre mortel, un tout petit peu bedonnant ou qu'il ne serait sans doute pas aveugle à tout jamais aux jeunes beautés qui croiseraient son chemin. C'est un aspect de l'Amour que j'ai toujours refusé de voir. Avant de connaître Guillaume, même si je me suis fait l'honneur de plusieurs amants, des beaux comme des brutes, je me disais toujours que l'homme de ma vie apparaîtrait au bon moment et qu'à ce moment-là le reste n'aurait plus la moindre importance. Et c'est arrivé avec Guillaume. Je suis tombée amoureuse de lui presque immédiatement et je me sentais prête, à peine quelques mois après notre rencontre, à affirmer qu'il était mon prince charmant, celui avec qui je vivrais heureuse pour le reste de mes jours. Jusqu'à tout dernièrement, je considérais qu'il serait le seul homme avec qui je ferais l'amour jusqu'à la fin des temps, et cette pensée me faisait ronronner de bien-être. Quand on aime, on n'envisage même pas de vivre sans l'autre, de faire l'amour avec quelqu'un d'autre, pas vrai? Et pour moi, il ne s'agissait pas que d'un simple éloge de la fidélité et de tout ce qu'elle a de symbolique. Que non! C'était et c'est toujours beaucoup plus fondamental que cela. C'est une question de respect mutuel que de réserver une importante partie de soi à celui ou celle qu'on aime... D'ailleurs, la seule pensée de Guillaume dans les bras d'une autre femme me rend complète-ment folle. Et pourtant... Et pourtant voilà. Mademoiselle « fidélité et respect mutuel » est en train de se faire prendre au jeu. Oui, ce n'était véritablement qu'un jeu, il n'y a encore que quelques jours... Ah, voilà Guillaume qui monte... à plus tard!

Jeudi 1er juin, minuit quarante.
Où en étais-je? Ah oui. L'homme. Quand je l'ai rencontré et que j'ai su que nous serions appelés à nous voir tous les jours et même à collaborer sur un nouveau projet, j'ai ressenti une certaine appré-hension. Déjà, je me savais faible... Parce qu'il me causait tout un choc. Je lui ai serré la main, comme le veulent les bonnes manières, et quand j'ai levé les yeux vers lui, son regard m'a transpercée. J'aurais juré qu'un courant électrique, si fort qu'il était presque palpable, était passé entre nous. Le légendaire coup de foudre? Je n'en sais rien, mais j'en doute... scepticisme oblige. J'ai toujours clamé haut et fort que pour vivre un coup de foudre – ou encore pour se faire entraîner dans une aventure amoureuse – il fallait se montrer disponible ou, du moins, que le cœur le soit. Et le mien ne l'était pas. Je ne me suis pas levée ce matin-là en me disant : « Tiens, il faudrait bien que je mette un peu de piquant dans ma vie. Et si je faisais une rencontre exceptionnelle, aujourd'hui? » et je ne suis définitivement pas à la recherche de quelque bouleversement que ce soit. Mais ç'a été plus fort que moi, et que lui...
On a tout de suite vu qu'on se plaisait et, malgré nos réticences respectives, le jeu de la séduction s'est amorcé dans les minutes et les heures qui ont suivi les présentations. Ah! Quel bonheur de voir

que je parviens encore à faire naître des fantasmes! Quel plaisir de constater que je peux faire tant d'effet à un homme! En fait, le jeu a tellement bien marché que j'aurais juré qu'il serait prêt à mettre en péril femme et maison pour une seule nuit passée avec moi. Quel baume sur un cœur qui, comme le mien, voit les années s'accumuler beaucoup trop vite! C'est donc comme ça que nous avons passé des journées entières emplies de regards ardents dérobés en silence; puis, aux regards se sont ajoutées, presque imperceptiblement, des mains qui s'égarent – discrètement mais à l'effet nucléaire! – sans rien laisser paraître, effleurant tantôt une hanche, tantôt une taille... ou encore un sein ou une fesse. Des touchers si subtils qu'ils auraient pu n'être qu'imaginaires... mais qui laissaient des traces sur ma féminité enfiévrée. Des journées entières à imaginer sa bouche sur mes seins, ses mains agrippant mes hanches pour me serrer contre son sexe ardent...

Ces attentions, décidément de moins en moins innocentes, se sont transformées, au fil des semaines, en de petits plaisirs dérobés en vitesse, en cachette. Des étreintes brèves, mais combien passionnées, qui ont tôt fait de me laisser pantelante, molle comme une poupée de chiffon, m'obligeant à soulager mon ventre en feu sur-le-champ... Je n'ai d'autre choix que me réfugier dans mon bureau, la porte close, afin d'imaginer que c'est lui, ses mains et son dard – et non ma main tremblante –, qui s'insinue entre mes cuisses et me fait ruisseler, tremblante de désir.

Oh, cette situation me met bien sûr dans l'embarras. Mais, certainement, les choses n'iront pas beaucoup plus loin, le jeu finira bien par perdre de son intérêt et personne n'en souffrira. Après tout, cela ne regarde que moi...

En fait, je commence peut-être à déraper un peu... Le soin que je prends à m'habiller et à me coiffer, chaque matin! Mais bon. Après tout, qui me dit que Guillaume ne fait pas la même chose de son côté? Hum... Facile de se déculpabiliser quand on se sent un peu coincée... Bon. Tout va cependant encore très bien.

Jeudi 8 juin, une heure du matin.
Ah! cher journal, je me rends bien compte que je commence à

perdre le contrôle, même si j'étais convaincue du contraire. Il commence réellement à me hanter. L'homme ou le jeu? Je n'en sais trop rien. Et ce n'est pas du tout important. Depuis quelques jours, je me couche en ayant hâte au lendemain, hâte de voir cette flamme de désir danser dans ses yeux chaque fois qu'il les pose sur moi et me déshabille du regard. Je me sens alors irrésistible, omnipotente, et ce sentiment agit sur moi comme une drogue plus puissante que n'importe quelle autre, une drogue impitoyable qui me fait oublier presque tous mes beaux principes. C'est comme si ma personnalité s'était dédoublée : celle qui n'oserait jamais et celle qui ose de plus en plus. Je parviens à peine à distinguer mes fantasmes de la réalité... mais je deviens, sans vraiment m'en rendre compte, de plus en plus téméraire, faisant des gestes qui me mènent où je désire réellement aller sans toutefois en avoir totalement l'intention. Je me demande sans cesse comment les gens font pour faire l'amour en secret, sans se faire prendre. Une foule de détails pratiques s'entrechoquent dans ma tête. Où se retrouvent donc les amants clandestins? Il y a toujours les parcs, mais encore faut-il user de prudence; et puis c'est l'été, mais que faire en hiver? Bon. C'est bien pour ça que les motels existent. Et c'est bien pour ça qu'on peut y louer une chambre à l'heure... Mon Dieu! Suis-je réellement en train d'envisager une telle chose?

Samedi 10 juin, vingt heures.

Moi qui croyais avoir la situation en main... J'étais tellement sûre de moi que j'ai voulu me tester encore un peu. C'est ainsi que nous nous sommes retrouvés seuls tous les deux parmi une foule d'inconnus, dans un bar bondé à la musique envoûtante. Un homme et une femme que les autres clients prenaient sans doute pour un couple particulièrement uni qui dansait langoureusement au rythme de la musique, leurs mains se caressant mutuellement jusqu'à frôler l'indécence.

J'ai été l'instigatrice de cette situation. Nous devions, hier soir, nous retrouver en groupe pour célébrer le départ d'une collègue et j'avais suggéré ce bar; je le savais bondé les vendredis soir, j'étais certaine d'y passer inaperçue. Mon plan a bien fonctionné; il a soutenu mon regard quand j'ai présenté mon idée au groupe et a tout de suite compris où je voulais en venir. La soirée se déroulait fort agréablement, notre copine était heureuse, émue. Nous avons bien ri, papoté et dansé. Peu à peu, cependant, et comme je l'espérais, le groupe s'est dispersé jusqu'à ce qu'il ne reste que nous deux.

J'avais abusé de la tequila et cette damnée musique coulait dans mes veines comme une énorme coulée de lave balayant tout sur son passage. Je me disais bien que je ferais mieux de rentrer, avant qu'il ne soit trop tard. Mais il était déjà trop tard. Ses yeux brillaient d'une lueur inhabituelle, presque des yeux de conquérant. Et je me sentais ivre, légère, comme si je flottais et qu'il me tînt par une ficelle, choisissant lui-même de me laisser flotter au gré du vent ou de me ramener à lui. Et je l'ai laissé faire. Résultat? Durant quelques heures, j'ai tout oublié : travail, vie de famille et même Geneviève. Mauvaise mère? Épouse indigne? Rien de tout cela n'avait d'importance. Seulement ses mains qui glissaient le long de mon corps, qui parcouraient avec insistance mes courbes, avantageusement moulées dans une courte robe noire. Ses doigts glissaient souvent sur mes cuisses, sous l'ourlet de ma robe, provoquant frissons par-dessus frissons.

Je me souviens vaguement m'être rendue aux toilettes pour retirer ma culotte, que j'ai chiffonnée avant de la fourrer dans mon sac. Je venais pourtant de franchir une étape importante, de traverser la mince limite entre fantasme impossible et réalité plus que vraisemblable, mais je ne m'en suis rendu compte que plus tard, bien plus tard. Me frottant tout contre lui, je lui ai confié ma nudité et il m'a immédiatement entraînée dehors, jusqu'au petit parc avoisinant. Et là, étendus sur l'herbe dans l'obscurité, nous nous sommes caressés, nous nous sommes fait jouir mutuellement. Nous avions tout notre temps, mais nos attouchements n'étaient qu'urgence. J'ai joui beaucoup trop rapidement; ses doigts ont constaté l'effet que ses baisers avaient sur mon corps, il m'a touchée, m'a agressée et puis il a osé... Il a osé vouloir goûter, lécher, mordiller. Depuis le temps que j'espérais de telles caresses, je n'ai pu subir que la douce tiédeur de sa langue avant que mon ventre se liquéfie, libérant un peu de la tension accumulée depuis déjà plusieurs semaines.

Comment te décrire, cher journal, cette sensation divine? Une bouche si douce à embrasser, un corps sublime à caresser? Tu sais à quel point j'aime mon Guillaume. Mais cette chair ferme, cette peau un peu rugueuse aux muscles saillants? Ah! c'en était trop. J'ai voulu lui rendre la pareille et ai glissé son membre tendu à l'extrême dans ma bouche veloutée. Je l'ai léché avidement, tentant de lui démontrer, par les caresses de ma langue et de mes lèvres, à quel point je voulais lui plaire. Mais je crois bien qu'il avait attendu ce moment avec autant d'impatience que moi, car après quelques minutes à peine de ce manège il a tenté de se dégager. Je ne lui en ai pas laissé la possibilité et j'ai serré davantage les lèvres autour de lui; il m'a aspergé la gorge de sa jouissance et s'est retiré, un peu gêné. Je me suis glissée à nouveau tout contre lui, l'embrassant avec passion. Nous sommes restés là quelques instants, silencieux. Puis, il a recommencé à me caresser, lentement d'abord, puis avec insistance et j'ai réalisé, avec plaisir, qu'il était dur à nouveau, prêt à reprendre là où les choses s'étaient interrompues.

Il aurait été si facile de succomber totalement, là, dans la moiteur de cette soirée. J'aurais pu le laisser venir en moi, enfin sentir sa chaleur à l'intérieur de mon corps; il n'attendait que cela, je ne désirais que cela. Mais à ce moment précis, je me suis comme éveillée. Tout le poids de cette nouvelle réalité m'est tombé dessus: j'étais en train de « tromper » Guillaume. Moi! Des mots se sont mis à danser devant mes yeux, comme d'énormes bannières illuminées: ADULTÈRE et INFIDÈLE étant les plus polis... Eh bien, il y avait une dernière barrière que j'ai refusé de franchir. Il m'avait vue jouir, oui. Il m'avait entendue gémir, soit. Je lui avais prodigué des plaisirs très intimes, bon, mais il n'était pas trop tard. Ce n'était pas encore irrémédiable, il ne s'agissait encore que d'un simple écart de conduite: il ne m'avait pas « possédée ».

La conscience un peu tranquillisée et les effets de l'alcool soudainement envolés, j'ai réussi à me relever sans trop laisser paraître mon tumulte intérieur. Savourant tout de même quelques caresses ultimes, je me suis rendue à ma voiture. Prenant place derrière le volant un peu gauchement, je suis retournée chez moi dans un état second, revivant chaque instant de ce qui venait de se produire, de ce qui aurait pu se produire et qui, finalement j'en suis certaine, ne se produira pas. C'est très clair dans ma tête, les choses sont allées assez loin. Bien sûr, je conserverai toujours un très bon souvenir de cette quasi-aventure, mais il est temps que je reprenne la situation en main. Je me suis réfugiée sous la douche en arrivant à la maison et y suis restée un bon moment. Puis, presque amoureusement, j'ai regardé pendant un instant Guillaume qui dormait à poings fermés, avant de me blottir tout contre lui.

Mercredi 14 juin, minuit quinze.

Cher journal. Je ne peux que me féliciter d'avoir pu si bien gérer, d'un côté, mon amour pour Guillaume et tout ce qui s'y rattache et, de l'autre, une passade sans grande conséquence qui m'a certes fait le plus grand bien. Je me sens toujours belle, attirante, bien dans ma peau. Je suis à l'aise dans mon rôle d'amante d'un seul homme et de mère. Tout est parfait et cela restera ainsi. Comme je suis heureuse! C'est vrai que j'ai eu la chance de ne pas trop voir « l'autre » depuis quelques jours... Je crois qu'il a dû s'absenter du bureau. C'est peut-être mieux ainsi!

Vendredi 16 juin, vingt-deux heures dix.

Enfin tranquille. Comme j'avais hâte que cette soirée s'achève! Cet après-midi, alors que je m'apprêtais à quitter le bureau pour la fin de semaine, le téléphone a sonné. J'ai hésité quelques instants puis, sans trop savoir pourquoi, j'ai décidé de répondre. C'était Lui. Je l'ai reconnu tout de suite et ai aussitôt senti le rouge me monter aux joues. Il m'a avoué penser à moi sans arrêt, il a insisté pour que nous trouvions un moment pour nous voir, ne serait-ce qu'un instant. Sa voix était de soie pure, veloutée, mielleuse. J'avais les jambes molles. Mais j'ai tout de même trouvé la force de lui dire que c'était impossible, qu'il valait mieux pour tout le monde laisser les choses où elles en étaient, et toutes les autres sornettes que je me raconte sans trop y croire depuis une semaine. Il a fini par raccrocher, promettant qu'il me téléphonerait à nouveau... J'espère qu'il ne le fera pas. Je l'attends désespérément. Je me sens vulnérable, cet appel m'a tout ramené en mémoire... Il sait exactement quoi dire pour m'émouvoir...

Dimanche 18 juin, minuit.

Maintenant ça y est. Depuis ce coup de téléphone, avant-hier, je ne pense qu'à lui. J'en rêve, je le désire nuit et jour. Je ne cesse de penser à toutes les différentes caresses que j'aimerais lui prodiguer et que je désire obtenir plus que tout. Je suis incapable de me concentrer sur quoi que ce soit. Au moins, comme Guillaume est parti avec ses copains pour la fin de semaine, je n'ai pas à lui expliquer mon état. Quand cela finira-t-il? C'est un cauchemar; c'est intolérable. Dis-moi, journal, je deviens folle? J'ai même rêvé, hier soir, que je quittais Geneviève et Guillaume pour vivre ma passion avec Lui. Mais voilà bien le mot important : passion. Et si je quittais Guillaume et Geneviève pour une bonne baise dont je ne saurais que faire après quelques semaines! Mon Dieu, Geneviève, pardonne-moi. Et toi aussi, Guillaume. Je ne vous quitterai jamais. Je vous aimerai toujours. Mais je dois aller au bout de ce désir. Il faut que je sache ce que je manque, que je connaisse une fois pour toutes ce que je choisis de laisser tomber. S'il me téléphone à nouveau, j'accepterai de le voir. J'accepterai ce qui va se passer. J'en assumerai les conséquences.

Mardi 20 juin, dix-sept heures.

Oui, je sais, il est très tôt, j'arrive à peine du bureau. Mais je ne pouvais attendre plus longtemps. Demain. J'ai rendez-vous demain, à la chambre numéro 17 d'un motel de la banlieue. Mon Dieu! Vais-je me dégonfler d'ici là? Comment pourrai-je jouer avec Geneviève ce soir? Elle est dans son bain, elle m'attend, toute souriante. Elle me demandera sans doute comment s'est passée ma journée... Et demain, elle se passera comment, ma journée? C'est sûr, je ne fermerai pas l'œil de la nuit!

Mercredi 21 juin, vingt-trois heures quinze.

Cher journal. Je ne sais pas par où commencer, je ne sais pas quoi te dire, quoi conserver dans mes souvenirs à tout jamais.

Je ne me suis pas dégonflée, je l'ai rejoint au motel Le Boisé. L'endroit était tout à fait comme je me l'imaginais et, grâce à sa délicate attention, je n'ai pas eu à passer à la réception pour réclamer une clé et subir les regards de l'employé. Il m'avait donné un numéro de chambre, où je me suis rendue directement, me demandant si les quelques pins chétifs qui ornaient le fond du stationnement étaient « le boisé » auquel le nom faisait allusion... Quelle question idiote à me poser à un moment pareil!

Je n'avais effectivement pas fermé l'œil de la nuit et j'avais les nerfs à fleur de peau. S'il fallait que je croise quelqu'un que je connais, ou que l'on m'ait vue entrer ici! J'en mourrais de honte. Mais plus j'approchais, plus je me détachais de toutes ces considérations pour ne penser qu'à ce qui m'attendait. Je m'offrais le luxe ultime d'une partie de jambes en l'air avec un homme, au beau milieu d'un après-midi de semaine, et je n'avais aucun remords. Je n'éprouvais à la fois qu'une certaine curiosité et l'étrange désir que tout soit fini afin de revivre cette journée en rêve à l'infini. Mais j'étais surtout en proie à une excitation terrible, un désir presque étouffant. J'avais fait des pieds et des mains pour revêtir mes plus beaux sous-vêtements sans que Guillaume s'en rende compte et j'avais réussi à glisser mon diaphragme dans mon sac à son insu. J'étais prête à jouer la putain sans aucun scrupule et, en me garant devant la porte 17, mon pouls s'est accéléré davantage et j'ai senti mon ventre se tendre de désir. J'ai frappé deux coups discrets à la porte; si faibles en fait que je fus étonnée de la voir s'ouvrir sur un sourire rayonnant et des bras qui m'ont aussitôt étreinte; il m'embrassa enfin, refermant la porte derrière moi et écrasant mon corps contre le mur. Je fermai les yeux, mon esprit enregistrant malgré moi les lampes criardes, les murs aux tons pastel et le tapis mal assorti, l'édredon orné de brûlures de cigarettes et l'odeur d'eau de javel; la prochaine fois, s'il y avait une prochaine fois, je tenterais de trouver un endroit un peu plus chic... mais mes pensées ont sombré, faisant place à un plaisir intense, à une urgence incontrôlable. Nos vêtements se sont envolés dans tous les sens, nos peaux déjà humides se frottaient enfin, son sexe dur comme fer se pressant, impatient, contre mon ventre. Il m'a dirigée presque

114

brutalement vers le lit où je me suis étendue, haletante, écartant les jambes et lui souriant. Léchant deux doigts, je les ai glissés entre mes cuisses, frottant la chair gonflée, les insinuant profondément. Sa main ferme a retiré la mienne et, sans attendre, son sexe a enfin plongé en moi. Ce que nous attendions tous les deux depuis si longtemps arrivait enfin. C'était indescriptible; j'ai su immédiatement que je n'aurais pu attendre davantage, que ceci était nécessaire. Je l'ai attiré tout au fond de moi, labourant ses fesses de mes mollets, le guidant plus loin, plus violemment. Je voulais qu'il m'emplisse, qu'il me malmène enfin, je voulais n'avoir plus rien à attendre de lui, plus rien à espérer. Me retournant, je lui ai présenté ma croupe rebondie; il replongea avec bonheur au plus profond de mon corps et me posséda violemment, durement, sans répit. Comme des animaux nous avons sué, gémi, haleté... puis, le souffle court, nous nous sommes blottis l'un contre l'autre un moment, un trop bref moment de tranquillité avant que l'immensité de ce que nous venions d'accomplir nous atteigne. J'étais bouleversée, épuisée et je le sentais distant, distrait. Sans un mot de plus – à peine une étreinte maladroite – nous nous sommes quittés, le regard mélancolique, le cœur serré.

Comment te dire... Je n'étais déjà plus moi-même. Je pourrais presque dire qu'une autre femme était là, à ma place. Il me tardait de retrouver Guillaume, de me perdre dans ses bras. En même temps, je voulais revivre cette extase, cette incroyable communion de nos deux corps. Était-ce bien moi qui regagnais ma voiture, cet après-midi-là, insensible au soleil trop chaud, à la lumière trop vive qui avait fait place à la pénombre de la chambre? Si ce n'était du liquide chaud qui s'épanchait encore entre mes cuisses, je me serais crue en rêve. Impossible de retourner au bureau dans cet état; je rentrai à la maison sans plus attendre.

J'eus la surprise de constater, en arrivant, que Guillaume avait aussi écourté sa journée et qu'il était déjà sous la douche. Hum, deux absences du bureau le même après-midi... les employés jaseraient! S'ils savaient... mais il était encore trop tôt pour leur annoncer que le « petit nouveau » était en fait mon mari... Ça viendrait...

MARIE GRAY

NOTICE BIOGRAPHIQUE

Née à Laval, Marie Gray a fait ses études à Laval et à Montréal en sciences humaines.

De 1982 à 1994, elle parcourt le pays en tant que chanteuse rock. Depuis, Marie Gray se consacre, entre autres, à l'écriture de nouvelles et de paroles de chansons.

Chacun des recueils de la trilogie *Histoires... à faire rougir* contient sept nouvelles érotiques mêlant humour et sensualité. Des épisodes intimes racontés tantôt avec un humour mordant, tantôt avec volupté. Un hommage à la sensualité et à l'imagination, un clin d'œil affectueux au monde merveilleux des fantasmes.

Premier titre publié par Québec Loisirs :
Histoires... à faire rougir
Quatrième trimestre 1996

PHOTO : Guy Saint-Jean Éditeur

Le passage de l'ange

François Jobin

Mon cher Vincent,

J'ai une fâcheuse nouvelle à vous annoncer. Enfin, fâcheuse pour moi, puisque je vais me priver d'un revenu; à vous, elle ne paraîtra sans doute qu'un peu ennuyeuse, tout au plus.

Il y a quelques semaines, j'ai accepté avec enthousiasme votre invitation à participer au collectif de nouvelles que vous préparez pour la rentrée. Je dois aujourd'hui, à mon grand regret, décliner votre proposition pour cause de tarissement.

Sous ma plume, cet aveu vous paraîtra sans doute étrange, à vous qui me connaissez assez bien pour savoir tout le mal que je pense de l'inspiration. J'ai toujours en effet tenu celle-ci pour un prétexte. Prétexte à la glorification d'une activité qui n'est en somme qu'un métier comme un autre mais que certains persistent à tenir pour particulière, voire privilégiée; prétexte à la propagation de l'image romantique de l'écrivain qui promène sur ses contemporains un regard olympien et qui dispense par sa plume des sentences d'une profondeur abyssale; prétexte enfin à la paresse, surtout pour ceux dont l'œuvre se résume le plus souvent à un ou deux malheureux opuscules qui leur auront servi de tremplin pour faire leur chemin dans le monde.

Un écrivain, je vous l'ai assez dit, c'est quelqu'un qui écrit.

Point. Toute autre définition relève de la vanité ou de l'autocongratulation.

Comme l'ébéniste se sert des bois, l'écrivain utilise les mots pour façonner ses ouvrages. Le résultat peut être utile, décoratif, lucratif, amusant ou simplement satisfaisant, c'est une question de point de vue.

On me reprochera, comme on l'a déjà fait, d'avoir de la littérature une conception bien étroite, singulièrement primaire, primitive. Soit. Mais si je me trompe, je préfère que ce soit par euphémisme que par hyperbole.

Il paraît que certains ont vu dans mes petites élucubrations autre chose que ce que j'ai voulu y mettre? Grand bien leur fasse! Et si, par-dessus le marché, ils aiment ce qu'ils trouvent, tant mieux! J'aime qu'on m'aime, peut-on me le reprocher?

Bien sûr, comme un bon ouvrier, je n'ai pas hésité à accepter les commandes qu'on pouvait me faire. Sans doute ai-je commis quelques excès en devenant les nègres de certaines personnalités pressées de raconter leur vie à un public qui, à mon constant étonnement, apprécie ce genre de lecture; je ne tire pas non plus grande fierté d'avoir prêté ma voix à quelques hommes politiques plus habiles à serrer des mains qu'à exprimer de manière nette leurs idées (quand ils en avaient). Je n'ai obéi qu'à des motifs de survie. Celui qui choisit de vivre de sa plume doit accepter de la tremper dans divers encriers, l'encre y fût-elle parfois trop claire.

Ne croyez toutefois pas que je m'en suis toujours tenu à l'écriture alimentaire. Vous, mieux que personne, savez que je n'ai jamais confondu commande et création (pour employer un terme qui m'irrite), encore que – réflexion faite – la différence ne soit pas si grande. Il est vrai toutefois que lorsque je suis mon propre client, c'est-à-dire quand j'écris pour moi-même mes petites fictions, le niveau de mes exigences grimpe en proportion inverse de mon tarif horaire.

Décidément, le grand public et même certains intellectuels ont de l'écrivain une image bien idéalisée. Parce que j'accepte de temps à autre d'écrire sous le couvert de l'anonymat des textes qui me rapportent autre chose que des éloges, on m'a souvent accusé de *gaspiller mon talent.* Certains ont même utilisé pour me décrire un vocabulaire singulièrement discourtois, quand il n'était pas carrément ordurier. Il semble que pour ces gens rigoureux tout écrivain digne de ce nom ne puisse entretenir d'aspirations humaines, je veux dire bassement terre-à-terre, comme manger, se vêtir ou payer son loyer. Son indigence est le prix qu'il doit payer pour mériter la considération dont il fait l'objet. Considération! Parlons-en de la considération. Ou plutôt non, n'en parlons pas, je me fâcherais.

Ces mêmes arbitres de la condition des auteurs reprocheraient-ils à mon ébéniste de tout à l'heure de vendre à bon prix la table ou le buffet qui sortent de son atelier? Il est vrai qu'en matière d'écriture on entre dans le domaine de l'art et que l'art, c'est sacré, on connaît la chanson.

Art. Encore un « mot-prétexte », et qui a le dos large. Le texte le plus abscons devient remarquable sitôt qu'on le dit surgi de la tête d'un *artiste.* Combien de choses insignifiantes et illisibles a-t-on légitimées en leur accolant l'étiquette *artistique?* À combien de fumistes a-t-on élevé un monument au sacro-saint nom de l'art? Non, je ne citerai personne, pas de mon vivant en tout cas. Ma témérité ne va pas jusqu'au suicide.

De toute façon, ce n'est pas pour vous rebattre les oreilles avec mes théories que je vous écris, mais bien pour vous présenter mes plus plates excuses pour l'inconvénient que je vous cause.

J'avais décidé, figurez-vous, de vous envoyer un texte sur le bonheur. Un sujet gai et frais qui m'aurait changé, me disais-je, des *sombretés* de ces dernières années. Une petite histoire toute simple, sans cadavres, pour une fois. Un souvenir personnel en réalité, quelque chose que je voulais coucher sur le papier depuis longtemps mais que je ne trouvais jamais le temps d'écrire. Et voilà que vous m'en fournissiez l'occasion.

Je m'installe donc au clavier de bon matin, comme le veut ma routine quotidienne, en me disant qu'à la cadence habituelle de quinze cents mots par jour je devrais disposer d'un premier jet vers midi.

D'ordinaire, quand je pars à l'aventure dans un texte, j'ai le sentiment de suivre le cours d'un ruisseau qui, petit à petit, s'évase pour devenir rivière puis fleuve et enfin se jeter dans la mer. Or voilà que ce jour-là, c'est précisément le contraire qui s'est produit. Au bout de quelques paragraphes, j'avais le sentiment de m'être fourvoyé dans un cul-de-sac. En réalité, l'image qui me vient à l'esprit est celle d'un entonnoir qui se rétrécit au fur et à mesure qu'on se rapproche de ce qui semble la sortie. Oui, c'est tout à fait cela. Un entonnoir dans lequel on finit par se coincer aux épaules. Un col de l'utérus à l'envers, si vous me passez à la fois l'expression et l'allusion freudienne.

Cela m'ennuyait un peu, mais sans plus, parce que ce genre de panne n'est pas rare. Depuis le temps que je fonctionne au rythme de quinze cents mots par jour, j'ai appris quelques trucs pour éviter ce genre d'écueils. L'important est de ne pas céder à ce *bloc* qui décourage tant de débutants et entraîne parfois même des auteurs chevronnés sur la voie du doute. Pour ma part, j'estime que le meilleur remède consiste à le traiter comme un rhume, c'est-à-dire avec mépris.

Quoi qu'il m'arrive, je ne déroge jamais à ma discipline : dès six heures du matin, je m'assois devant l'ordinateur d'où je ne me relève jamais avant neuf heures et demie. L'idéal consiste à écrire jusqu'à onze heures, mais il faut être réaliste : il arrive parfois qu'on sèche. Alors je fais le vide et j'écris n'importe quoi. Littéralement. Je copie des pages de dictionnaire, je tape de mémoire une fable de La Fontaine, je décris les murs de mon bureau, n'importe quoi, vous dis-je. Il m'est même arrivé un jour de dactylographier des pages et des pages de *Je vous salue, Marie* avant de venir à bout d'un *bloc* particulièrement résistant. Pourquoi cela fonctionne-t-il? Je ne me pose plus la question, à laquelle il n'y a probablement pas de réponse définitive. D'ailleurs, j'ai écrit certaines de mes meilleures pages alors que ma tête était en congé. Ce n'est guère flatteur pour mon intelligence, mais je dois bien constater que certains de mes textes se sont faits pour ainsi dire tout seuls, à mon insu. Mais cela, c'est une autre histoire dont nous reparlerons un jour.

Revenons donc à ce funeste matin d'il y a trois semaines. Me voilà, Gros-Jean comme devant, les yeux fixés sur le curseur qui clignote au milieu de l'écran comme s'il s'impatientait de savoir où je veux aller. Or je sais très bien où je vais. Je connais mon histoire. Je n'ai plus qu'à l'écrire.

Comme je l'ai dit, il s'agit d'une petite chose toute simple que je souhaite tendre et touchante même.

Je veux raconter tout bêtement un souvenir. Celui d'une journée de ski à Petite-Rivière-Saint-François. Il s'agit surtout de dire l'émotion que j'ai ressentie durant ma troisième descente. Une émotion qui m'a permis d'entrevoir le bonheur, le vrai. Je veux traduire la joie intense, le sentiment de liberté totale et de plénitude qui m'ont envahi subitement, comme ça, sans raison particulière sinon à cause peut-être d'une combinaison de fac-teurs (température, site, état d'esprit...). Quelque chose d'inédit que je n'avais jamais éprouvé auparavant et que je n'ai plus ressenti depuis.

Je veux aussi parler du silence de la montagne qu'il m'a semblé entendre pour la première fois – un silence d'avant la création de l'homme. Je veux enfin parler de la sensation de bien-être qui s'est emparée de moi au moment du passage de l'ange. Car je suis absolument certain qu'un ange est passé à ce moment-là au-dessus ou à côté de moi et que, durant une fraction d'éter-nité, je me suis pris dans les pans de sa robe. Je ne puis expliquer autrement la sensation d'harmonie qui m'a doucement enve-loppé, moi et la nature qui m'entourait. Durant un temps qui a duré quelques secondes ou quelques minutes, j'ai senti mon corps comme jamais je ne l'avais senti auparavant. Moi qui ne suis qu'un médiocre skieur, j'ai eu pendant ces instants-là la parfaite maîtrise de toutes mes articulations, mon poids se dépla-çait très exactement au moment précis où il devait le faire, mes gestes étaient devenus élégants et gracieux. Le paysage – le fleuve, immense devant Petite-Rivière, entre les pointes de l'Île-aux-Coudres et de l'île d'Orléans avec en face la mince bande de terre où scintillaient les toits de Saint-Jean-Port-Joli – s'est subite-ment transfiguré, est devenu éclatant comme si, tout d'un coup, tous les regards des peintres qui l'ont pris pour modèle s'étaient combinés en une seule vision divine. Le vent de la descente caressait mon visage et j'ai senti que je souriais d'un sourire neuf, moi qui suis surtout familier du sourire de l'ironie.

Parvenu en bas de la pente, j'étouffais presque de joie; j'avais envie de crier, d'éclater de rire et puis de pleurer aussi, parce que cela existe, des larmes de bonheur. J'ai regardé autour de moi. Il n'y avait qu'une jeune femme, qui m'observait d'une drôle de manière. J'en ai conclu que le passage des anges doit laisser des traces visibles dans le regard des témoins et j'ai senti l'obligation de m'expliquer :

— C'est extraordinaire, vous ne trouvez pas? Extraordinaire. Fabuleux.

Immédiatement, je m'en suis voulu de mon piètre choix de mots. Comment pouvais-je sombrer dans une telle platitude? De son côté, la dame était visiblement perplexe. Je ne m'en suis plus soucié, mon élan m'ayant déjà emmené au pied de la remontée mécanique.

Dans le télésiège qui me ramenait vers le sommet, j'eus paradoxalement tout le temps de revenir sur terre. Néanmoins, je piaffais d'impatience à l'idée de goûter encore une fois ce festin de sensations nouvelles.

Je fus déçu. Évidemment.

C'est la chute du petit texte que je voulais vous donner : dire qu'on ne croise pas deux fois les traces d'un ange, que c'est un privilège dont on conserve un souvenir d'autant plus nostalgique qu'on sait qu'il s'agit d'un événement unique qu'il est illusoire de chercher à revivre. Une fin assez banale, j'en conviens, mais que je finirais certainement par embellir en cours de route. Je n'avais qu'à transposer. Créer un personnage, quelqu'un comme un skieur qui... Mais qui quoi?

Qui quoi. Voilà ce que je me disais en regardant stupidement le curseur de l'ordinateur clignoter comme un clin d'œil lourd d'ironie.

Alors j'ai fait ce que font la plupart des humains normalement constitués lorsqu'ils font face à un os : je me suis dit que les choses iraient mieux demain, qu'il était préférable de dormir là-dessus et, comme il était neuf heures et demie, je suis allé cultiver mon jardin.

Sans doute que, cette nuit-là, je dormis mal, parce que je n'étais pas plus avancé le lendemain que la veille. L'écran était toujours aussi gris, le curseur aussi moqueur et ma tête aussi vide.

Le surlendemain aussi.

Cela dure depuis trois semaines.

À plusieurs reprises, j'ai voulu vous appeler pour vous demander un délai. Chaque fois j'ai reculé. Par vanité certainement, n'ayons pas peur des mots. La vérité c'est que, délai ou pas, je n'y arriverai pas. Ce *bloc* est incontournable. J'en ai la certitude.

Je pense que cette petite chose que je jugeais si simple est tellement importante, tellement grande, tellement tout ce que vous voulez que je suis incapable de la dire. Si vous voulez mon avis, je crois que j'ai touché du doigt quelque chose que l'on ne peut nommer, dont on ne peut parler. Certes, on essaie. On l'appelle le bonheur, l'ange ou même, si on ose, Dieu. Mais on ne fait qu'en effleurer la surface, on tourne autour du pot. Ce qui reste c'est la photo floue du souvenir et jamais l'événement lui-même. Ce que je souhaite c'est le revivre, mais, comme chacun le sait, on ne remonte pas le temps.

C'est pour cela, cher ami, que je ne participerai pas à votre collectif. Pour l'instant, je n'ai envie de parler de rien d'autre que de cette chose que je n'arrive pas à cerner. Tout autre sujet me paraît dérisoire, sans intérêt.

Depuis trois semaines, je me lève à cinq heures comme avant. À six heures, je viens m'installer devant mon ordinateur et, pendant les trois heures suivantes, je fixe le petit curseur qui clignote dans le milieu de l'écran en caressant l'espoir qu'il se passera quelque chose. Mais je sais qu'il ne se passera rien. Je revis dans ma tête cette extraordinaire descente en skis. Je cherche les mots qui me permettront d'en parler. Mais ils se dérobent à l'instant même où je crois les avoir saisis. Cela n'est pas prêt de cesser, je le crains, et ce n'est pas les trois mille *Je vous salue, Marie* que je tape tous les matins comme un automate qui changeront un iota à l'affaire.

Croyez, cher Vincent, que je suis sincèrement désolé des inconvénients que mon désistement vous causera. Je crois néanmoins que la vente du livre n'en souffrira pas. Les cimetières ne sont-ils pas remplis de gens irremplaçables?

Veuillez agréer, cher Vincent, l'expression de mes plus plates excuses et de ma plus chaude amitié.

Robert.

FRANÇOIS JOBIN

NOTICE BIOGRAPHIQUE

En plus d'écrire des romans, François Jobin réalise des émissions pour la télévision. Parmi ses dernières productions, on note *La Maison de Ouimzie, Radio enfer* et *Kilomètre/heure*.

C'est au début de la quarantaine que François Jobin publie son premier roman, *Max ou le Sens de la vie*. Les deux suivants confirment le talent de cet auteur à l'œuvre encore modeste que caractérisent une vive imagination, un humour mordant et une solide maîtrise des moyens narratifs.

Premier titre publié par Québec Loisirs :
La Deuxième Vie de Louis Thibert
Quatrième trimestre 1996

PHOTO : Le Groupe Ville-Marie Littérature

Azélie Papineau s'en va...

Micheline Lachance

Le Roman de Julie Papineau s'achève à l'aube du 17 août 1862, quand Julie meurt subitement, entourée des siens. Sa mère disparue, l'inconsolable Azélie devra se battre seule pour faire accepter son mari, le peintre Napoléon Bourassa, que le clan Papineau rejette.

Affalée dans le vieux fauteuil en rotin de sa mère, Julie, sur la galerie du manoir surplombant l'Outaouais, Azélie traînait son vague à l'âme depuis un bon moment, lorsqu'elle aperçut son fils Gustave juché sur la branche d'un pin géant. Cet été-là, Papineau avait fait construire une plate-forme au milieu de l'arbre centenaire d'où il admirait l'agonie du soleil sur la rivière. Le vieil homme, âgé de quatre-vingt-deux ans, y accédait par un escalier assez sûr, mais son petit-fils casse-cou préférait imiter les singes, ce qui naturellement lui était interdit.

— Gustave, descends de là! hurla Azélie en se précipitant vers l'enfant qui s'écorcha le genou en dégringolant.

Elle le serra contre sa poitrine, l'étouffa presque, puis, l'affolement passé, lui appliqua une magistrale fessée.

— Méchant garnement!

— Mais, maman, mon chat... il est là tout en haut qui miaule...
— Tu seras privé de dessert. Va dans ta chambre.

L'enfant implora tante Ézilda qui accourait, une échelle au bout des bras.

— Allons, Azélie, fit celle-ci. Le petit n'a que huit ans, ce chat il l'adore.
— Toi, ne te mêle pas de ça. C'est MON fils et je l'élève comme je l'entends. Tu n'y connais rien.

Ézilda se mordit les lèvres. Non, elle n'avait pas le bonheur d'être mère, mais elle se dépensait sans compter pour les petits de son ingrate de sœur. Comme si elle devinait ses pensées, Azélie ajouta, agacée :

— Je ne t'ai rien demandé! Tu ferais mieux de te trouver un mari.
— Ça suffit, trancha Papineau du haut de son perchoir.

Il aurait préféré ne pas intervenir mais devant la méchanceté d'Azélie, il explosa :

— Tu devrais faire des excuses à ta sœur!

Le ton était glacial. Papineau se montrait pourtant un prodige de patience avec sa cadette. Celle-ci tenait de Julie sa sensibilité à fleur de peau qui, dans les moments de tension, provoquait des crises de nerfs frôlant l'hystérie. Il la ménageait d'autant plus qu'elle portait un enfant. Mais il avait aussi pitié d'Ézilda qui, bien que résignée à son sort de naine, souffrait en silence de son infirmité.

— Comme d'habitude, mon cher papa prend la défense de sa fille préférée, dit Azélie, cinglante, en regagnant sa chaise, pendant que son fils montait à sa chambre en pleurnichant.

De plus en plus sourd, Papineau n'entendit pas sa dernière repartie. Il soupira en suivant des yeux Ézilda qui trottinait derrière Gustave, le petit chat agriffé à son tablier. Depuis le matin, la tension montait. La veille, toute la famille était arrivée à Montebello pour célébrer le sixième anniversaire de la mort de Julie. La journée n'était pas sans rappeler ce funeste jour d'août 1862. Même humidité insupportable, même cousins-piqueurs qui prenaient d'assaut les flâneurs cherchant l'ombre sous les arbres, même tristesse infinie.

À midi, lorsqu'ils se retrouvèrent autour de la grande table, personne ne reparla de l'incident. Ils attaquèrent le potage en silence. À peine entendait-on le cliquetis des cuillers sur la porcelaine. Amédée lança la discussion sur le terrain de la politique. Papineau, qui ne demandait pas mieux que de pester contre l'Acte de la Confédération, bâclé deux ans plus tôt, tira à boulets rouges sur les politiciens coupables qui n'avaient pas daigné consulter la population. Amédée en profita pour écorcher l'Église, « de connivence avec les traîtres ». Mais la conversation retomba. Il lui manquait le piquant que Julie lui insufflait jadis.

Ce qu'Azélie redoutait se produisit au moment où le pot-au-feu fumant atterrit sur la table. Le diable d'Amédée ramena sur le tapis la sempiternelle question qui faisait déjà des flammèches au temps de Julie : où la famille passerait-elle l'hiver? Ézilda n'avait pas d'objection à hiverner à Montebello, mais Azélie s'obstinait à dénigrer le manoir perdu au fond des bois qu'elle appelait, comme sa mère, la butte aux maringouins.

— Maman n'aurait pas permis que je reste enfermée ici pendant des mois.

Amédée, un médiateur-né – doublé d'un calculateur, pensait Azélie –, énuméra alors les avantages pécuniaires que sa jeune sœur retirerait à vivre sous le toit paternel. Papineau en rajouta :

— Ton mari ne s'est pas donné une situation lucrative, martela-t-il. C'est un malheur irréparable. Je n'ai certes pas les moyens de payer deux loyers et d'approvisionner deux maisons en bois de chauffage. Ici, tu auras tout ce qu'il te faut. Et tes enfants ne manqueront de rien.

— Si Napoléon veut se faire une clientèle à Montréal, renchérit Amédée, qu'il aille en pension. C'est moins coûteux et plus sage.

— Avec quatre enfants, bientôt cinq? Non, je veux ma maison, fulmina Azélie, avant d'éclater en sanglots. Ce que tu es pingre, mon pauvre Amédée! Tu as beau jeu de me critiquer, toi qui as eu tout cuit dans le bec.

Elle n'avait pas tort. Sans la fortune de son beau-père, *mister* Wescott, toujours prêt à lui signer un chèque, et avec ses seuls émoluments de greffier, Amédée n'aurait pas pu mener un si grand train de vie. La rancune d'Azélie remontait à l'époque de ses propres fiançailles. Son frère avait alors convaincu Papineau de financer l'achat d'une propriété, près du nouveau pont Victoria. Pour réaliser cette transaction avantageuse pour Amédée, Papineau aurait dû sacrifier sa dot à elle. Sans l'intervention de Julie, elle se serait mariée comme une crève-la-faim.

— Tu as eu plus de chance que moi, lui dit-elle sans cacher son dépit. Toi, ton beau-père accourt de New York les poches pleines de dollars, alors que mon propre père me coupe les vivres sous prétexte que je n'ai pas déniché un parti assez riche. Comme disait maman, tout pour son château et rien pour ses filles.

***

Papineau grimaça. Il n'avait jamais accepté le mariage de sa fille avec un artiste. Napoléon Bourassa avait du talent, une solide culture, mais il était sans avenir. Et comme Azélie avait une tête de Papineau, rien, pas même le voyage à Philadelphie qu'il avait concocté avant ses fiançailles dans l'espoir de lui faire oublier son amoureux, n'avait eu raison de sa détermination.

— Mon mari sera un grand peintre, lança-t-elle. Ses toiles orneront bientôt toutes les églises du pays.

— Pour l'instant, les curés paient ses tableaux en bénédictions plutôt qu'en argent!

C'était une mauvaise blague et Papineau la regretta, redoutant qu'Azélie ne devienne hystérique, ce qui se produisait chaque fois qu'elle était contrariée. Lorsqu'il lui avait interdit d'épouser Napoléon Bourassa, elle avait sombré dans une profonde dépression dont elle n'émergeait que pour attenter à sa vie. Julie avait dû faire disparaître la fiole de laudanum et le calomel pour éviter qu'elle ne les vide, comme elle l'avait fait un soir de désespoir. Il ferma les yeux pour chasser de son esprit le corps recroquevillé de sa fille sur le lit d'hôpital où elle était restée clouée durant deux mois. C'est lui, Papineau, qui avait finalement abdiqué. Il avait autorisé Napoléon à se rendre au chevet de la malade qui, ô miracle, était revenue à la vie. Les amoureux s'étaient épousés à la Petite-Nation. Pour le meilleur... et pour le pire.

Car la situation financière du couple n'avait fait qu'empirer, comme l'avait prédit Papineau. Pour le reste, il admettait s'être trompé. Napoléon était un mari exemplaire. On ne pouvait pas lui reprocher de se croiser les bras en attendant que la manne tombe du ciel. Au contraire, il peignait tous les évêques et curés du Bas-Canada. Les jours creux, il s'enfermait dans la tour du manoir – qu'Azélie appelait le donjon – pour écrire un feuilleton, *Jacques et Marie*, qu'il publiait dans *La Revue canadienne*.

Hélas! la fortune ne venant ni du pinceau ni de la plume, il s'était résigné à se faire bûcheron et avait dirigé l'exploitation des forêts de la Petite-Nation, une idée d'Amédée pour tirer sa sœur de l'embarras. Si l'art me laisse sur le récif, j'aurai une épave pour me sauver... ironisait Napoléon.

Autour de la table, le silence devenait embarrassant. Azélie était sur les charbons ardents, prête à bondir, comme chaque fois que la famille ergotait sur les difficultés de son mari. Si seulement Papineau avait consenti à lui donner un coup de main! Mais le peu d'aide qu'il apportait s'accompagnait de reproches. Au début, elle avait fermé les yeux, bien décidée à recréer autour d'elle le clan familial, si fort du vivant de sa mère et de ses frères Lactance et Gustave. Mais c'était peine perdue. Julie partie, Napoléon ne trouverait jamais grâce aux yeux de Papineau, qui le jugeait bonasse alors qu'il était sensible et trop poète à son goût.

« Soit, dit Papineau d'une voix résignée. Nous irons habiter tous ensemble rue du Champs-de-Mars, à Montréal. Mais c'est Ézilda qui dirigera la maisonnée. Elle est plus ordonnée que toi, Azélie. Mieux organisée aussi. Tu ne sais pas t'y prendre avec les domestiques. D'ailleurs, avec un enfant de plus, tu auras besoin de l'aide de ta sœur. »

***

Azélie se leva de table sans répliquer. À quoi bon? Elle descendit l'allée et marcha jusqu'à l'atelier de Napoléon, niché dans la grainerie. Il n'avait pas déjeuné avec la famille sous prétexte qu'il avait un tableau à livrer le lendemain. Elle le soupçonnait d'avoir voulu échapper à une énième chicane de famille, lui qui ne supportait pas qu'on s'emporte, encore moins qu'on se mêle de ses affaires. Elle lui avait fait porter un repas léger qu'il avait promis d'avaler en peignant. Il ne l'entendit pas s'approcher. À quelques mètres de son chevalet couvert d'un linge blanc, il se tenait debout, un fusain à la main, et il esquissait de petits gestes secs sur une feuille déposée à plat sur la table. Azélie lui enserra la taille de ses deux bras.

— C'est toi? fit-il. Quelle belle apparition!

Napoléon rangea son fusain, s'essuya les mains sur un vieux chiffon taché de peinture et prit sa femme dans ses bras.

— Fais voir ton dessin, demanda-t-elle en s'étirant le cou au-dessus de son épaule.

Il lui tendit la feuille, sur laquelle elle reconnut le petit Gustave qui affichait un air penaud.

— Ah! tu as tout vu? tout entendu? Il ne manque que le chat perché sur une branche et qui me nargue. Toi aussi, tu m'as trouvée odieuse?

— Mais non. Simplement, je n'aime pas que tu t'énerves. Ménage tes forces, ton jour de délivrance approche.

— Je sais, et ce midi j'ai encore fait une scène.

Pour rien au monde, Azélie ne lui aurait rapporté les propos de Papineau ou d'Amédée à son sujet. Mais il imagina la conversation, tant le chagrin de sa femme était palpable.

— Cela me peine de vivre aux crochets de ta famille, moi qui t'aime tant.

Il caressa le ventre de sa femme :

— C'est un petit espiègle, il me roue de coups, dit Azélie, un large sourire aux lèvres. Nous l'appellerons Henri. Henri Bourassa, c'est joli, non?

Le visage d'Azélie s'assombrit en pensant à Julie qui ne connaîtrait pas son fils. Napoléon l'embrassa. Quand l'horloge sonna trois coups, il la supplia de déguerpir. S'étant assurée qu'il avait vidé son assiette, elle allait tourner les talons quand il l'arrêta.

— Tu ne veux pas voir ma toile? demanda-t-il en soulevant le linge qui la recouvrait.

Elle s'approcha du chevalet, se vit comme dans un miroir.

— Napoléon, tu n'es pas sérieux. Ton évêque?

— Ne te fâche pas, ma chérie. Je n'ai pas résisté à l'envie de passer la matinée en ta compagnie. Mais c'est fini, je retourne à monseigneur, avec son crâne dégarni et sa panse volumineuse.

— Au travail, maître! Je t'attendrai dans la balançoire. Fais vite, j'ai hâte de te sentir tout contre moi.

Azélie remonta vers le manoir en s'épongeant le front d'une main et en se tenant le ventre de l'autre. De peine et de misère, elle se laissa choir dans la balançoire, à l'orée du sous-bois. Une douce brise agita soudain les feuilles des grands chênes. Sereine, elle se laissa envahir par le souvenir de son premier tête-à-tête avec Napoléon. C'était jour de fête au manoir et il y avait foule, mais elle n'avait d'yeux que pour ce beau jeune homme à la barbiche bien taillée qui la caressait du regard. Il arrivait d'Italie, où il avait étudié la peinture avec les plus grands maîtres, et lui parlait avec autant de fougue du Vésuve, qu'il avait vu en ébullition, que des œuvres d'art dont Florence regorgeait.

Ce fut elle qui, la première, l'invita au bal et toujours elle qui, soir après soir, lui proposait de jouer aux cartes. En excursion, il se montrait attentionné et s'assurait qu'elle ne prenait pas froid, mais les mois passaient sans qu'il se déclarât. Où avait-elle trouvé le courage de lui faire des avances? Elle se le demandait encore. En tout cas, son plan avait été bien mûri. Elle avait attendu le moment propice pour enfiler sa jolie robe rose qui lui moulait la taille. Après le dîner, au cours duquel elle avait élégamment étalé ses connaissances musicales, elle l'avait entraîné au salon jaune en le suppliant de chanter des airs italiens. Il avait accepté à condition qu'elle l'accompagnât au piano. Une heure plus tard, maugréant contre la chaleur, elle l'avait pris par la main pour l'emmener dans le sous-bois et ils s'étaient assis dans cette même balançoire où elle l'attendait maintenant. Le cœur palpitant, elle avait fait sa déclaration :

— Napoléon, je vous aime.

Il avait bafouillé. Peut-être même avait-il rougi.

— Ma chère enfant, lui avait-il répondu après une désespérante hésitation, vous me prenez au dépourvu. J'apprécie la beauté de votre cœur, votre esprit me séduit. Mais je n'ai jamais songé au mariage. Vous êtes si jeune...

— J'ai vingt-deux ans et je suis folle de vous.

Peu à peu, Napoléon s'était laissé gagner par la passion. Il commençait même à parler de fiançailles, mais Papineau ne voulut rien entendre. Azélie ne supporta pas son refus et avala des somnifères pour oublier son désespoir. Plutôt mourir que de perdre son grand amour. Mais elle s'était finalement accrochée à la vie, plus forte que tout. Dix ans déjà, soupira-t-elle, et je l'aime comme aux premiers jours.

— Azélie? Ma chérie?

Napoléon s'était assis dans la balançoire à côté d'elle et avait pris sa main entre les siennes.

— Je crois que je me suis assoupie, murmura-t-elle en se blottissant contre lui. Je rêvais de toi.

***

Napoléon aurait donné son âme pour fixer à jamais sur une toile cet instant de bonheur, l'un des derniers qu'il connaîtrait avec Azélie. Ils avaient parlé de sa peinture, qu'elle jugeait plus belle que toutes. Lui, il l'encourageait à reprendre ses critiques musicales dans *Le Nouveau Monde*. Sa première, parue sous la signature d'A.C.B., il l'avait lue sans savoir qu'elle en était l'auteur. Il lui avait reproché cette cachotterie, comme un manque de confiance en lui. Elle lui avait promis de lui montrer ses prochains articles avant de les publier. Oserait-elle tâter du roman? Là-dessus, leurs goûts différaient. Napoléon aimait les récits logiques, bien structurés. « Mais les rêveries ont leur prix, car elles rejoignent celles des lecteurs », avait protesté Azélie.

Deux semaines plus tard naissait Henri, qui allait devenir un grand journaliste et fonder *Le Devoir*. Mais Azélie ne se releva jamais de ce sixième accouchement. Ses crises nerveuses reprirent de plus belle. Napoléon la soigna, refusant obstinément d'admettre que le mal qui la rongeait pouvait lui être fatal.

« Jure-moi que tu n'avaleras plus ni laudanum ni calomel »,

suppliait-il, car il redoutait les excès de sa femme quand le délire s'emparait d'elle. Comme seule la distraction pouvait venir à bout de sa dépression, il l'avait convaincue de vite sevrer le petit Henri et d'aller se reposer chez ses cousins, à Maska. Elle s'était pliée à cette dernière recommandation de son mari mais, au moment de partir, elle avait eu le pressentiment de sa mort et l'avait serré très fort contre son cœur.

Le surlendemain, quand Papineau la ramena à Montréal, elle n'était plus que l'ombre d'elle-même. Après une violente secousse, elle rendit l'âme, à trente-quatre ans, le 27 mars 1869. Napoléon n'oublia jamais le dernier moment de lucidité de sa femme. Elle s'était accrochée à lui comme une noyée et avait balbutié : « Mon amour, mon amour, je te quitte... »

Longtemps après, Napoléon s'en voulut de ne pas avoir compris sa supplique, de l'avoir laissée lui échapper à jamais. « Ce jour-là, pensa-t-il, elle m'a fait ses adieux pour toujours. »

MICHELINE LACHANCE

NOTICE BIOGRAPHIQUE

Qui ne connaît pas Micheline Lachance? On a lu mille textes d'elle dans *Châtelaine,* magazine qu'elle a dirigé pendant cinq ans, *L'Actualité, Femme plus,* etc. On a apprécié ses dix livres, entre autres les deux tomes du *Roman de Julie Papineau* (1995 et 1998), *Le Prince de l'Église* (1982), *Dans la tempête* (1986). On l'a vue recevoir de nombreux prix tant pour ses articles que pour ses livres. Et enfin, le petit écran l'a tenue occupée pour de magnifiques documentaires sur le frère André (1982) et le Cardinal Léger (1987).

Cette diplômée de l'Université de Montréal (1965) a su vulgariser avec brio et rendre accessibles plusieurs pans de l'histoire du Québéc à travers ses personnages fictifs et réels.

Premier titre publié par Québec Loisirs :
Le Roman de Julie Papineau t. I
Troisième trimestre 1996

PHOTO : Les Éditions Québec/Amérique

L'exilée

Christine Martin

Suivant l'homme et portant l'enfant, l'exilée quitta sa contrée d'origine et gagna une nouvelle ville.

On lui avait dit que dans cette ville se cachait la beauté. L'exilée partit donc, décidée à trouver ce trésor. Elle avait le cœur lourd, car elle rompait ses racines. Dans la ville on parlait une langue qui n'était pas la sienne, mais qu'elle parlait et comprenait.

L'homme, l'enfant et l'exilée s'installèrent dans la ville. L'homme était heureux et l'enfant aussi. Mais l'exilée traînait une tristesse qui persistait, un ennui qui la torturait sournoisement, une amertume qu'elle tentait en vain de chasser; son lieu d'origine lui manquait. La colère eut tôt fait de naître en elle; une colère noire contre l'entreprise qui avait forcé l'homme à partir et elle à le suivre.

On lui répétait que la beauté se cachait quelque part dans la ville et elle partit à sa recherche.

Elle arpenta la ville. Elle ne s'y habituait pas. Elle en gagna le cœur et son désarroi augmenta. Les façades étaient jolies, mais des pâtés de maisons entiers étaient placardés.

Quelque chose de grave était arrivé à la ville. L'exilée voulut savoir quoi, et on le lui expliqua.

Cette ville, qu'on appelait la « cité de l'acier », avait autrefois été prospère. Sur les rives de son lac, on avait bâti des aciéries qui jour et nuit fabriquaient du métal. L'acier faisait vivre sa ville; une ville ouvrière, qu'on affubla d'un surnom : « *lunch box town* ». D'autres l'appelèrent la « cité ambitieuse ». Puis des temps durs survinrent, et l'acier invendu commença à s'empiler dans les entrepôts des aciéries. Elles ne vendaient plus assez d'acier pour faire vivre tous ces gens qui y travaillaient.

Les dirigeants des aciéries étudièrent les chiffres que leur citaient les comptables. Derrière ces chiffres se cachaient des ouvriers, mais on n'avait plus le luxe de penser à eux. Ou peut-être avait-on des cœurs d'acier. Toujours est-il que les ouvriers perdirent leur gagne-pain et que beaucoup d'entre eux désertèrent le cœur de la ville.

L'argent qu'amenait l'acier n'était plus là pour remplir les coffres des petits cafés ou des restaurants qui, autrefois, bourdonnaient d'activité ou pour acheter les denrées que vendaient les boutiques cossues. Restaurants et boutiques partirent en quête de cieux plus cléments, et le cœur de la ville se vida de son sang.

Il n'y restait plus que des magasins remplis de pauvres choses destinées à ceux qui l'étaient. De beaux immeubles servaient maintenant de refuges aux pigeons et quelques individus désœuvrés, trop originaux pour leur propre bien, traînaient dans les entrées que plus personne ne franchissait. Parmi ceux que l'acier ne faisait plus vivre, certains étaient restés, et l'exilée sentait leur découragement, leur amertume et leur rage.

L'exilée ne trouvait aucune beauté à ces sentiments ni à cette misère qu'elle avait sous les yeux. Elle quitta le cœur de la ville et poursuivit ailleurs sa quête de beauté.

La ville était au bord d'un lac. L'exilée, qui venait d'un endroit que dominait la mer, partit retrouver l'eau.

Elle espérait que cela apaiserait son âme, éveillerait de douces réminiscences, et encore une fois elle fut déçue.

L'eau était là pourtant, abritant des plantes et des poissons, survolée par des mouettes et des canards; mais sa beauté était masquée. Car, dominant le paysage, il y avait les aciéries.

L'exilée sentit plus que jamais que la ville était celle de l'acier; qu'elle lui appartenait et qu'elle l'aimait et le détestait à la fois. Les aciéries s'élevaient sur le bord du lac, leurs cheminées dressées

contre le ciel. Des flammes en jaillissaient; flammes jaunes, oran-
gées, rosées, bleutées, parfois même un peu verdâtres, laissant
s'échapper dans l'air une fumée qui tachait le ciel.

Les bâtiments, eux, étaient couverts de suie et de crasse.
C'étaient des masses de réservoirs gigantesques et de tuyaux
emberlificotés. Autour d'eux traînaient des piles de déchets d'acier,
hautes comme de petites montagnes. Ces immeubles avaient été
conçus pour être efficaces, productifs et ceux qui les avaient érigés
là avaient complètement oublié que, pour respecter le lac, il aurait
fallu qu'ils soient tout de même un peu beaux.

Le pire dans tout cela, c'était que certaines usines étaient
abandonnées. Elles ne faisaient plus vivre personne et on les avait
pourtant laissées là. Le temps avait passé, des vandales avaient
brisé leurs vitres, elles étaient devenues obsolètes et plus personne n'en voulait. Mais leur laideur continuait à défigurer le
bord du lac. L'exilée frémit lorsqu'on lui révéla qu'on ne les avait
pas encore vidées des substances qui contaminaient l'air et le
sol.

Tout cela était laid; épouvantablement laid. Accablée, l'exilée
fixait les rives du lac, luttant contre le découragement qui s'abattait
sur elle. Il lui sembla que les aciéries avaient mangé la beauté du
lac, tout comme elles avaient aigri l'âme des gens.

L'exilée tourna le dos au lac. Elle se souvint de la mer indomptée
qui, là d'où elle venait, portait de doux effluves et charmait ses
yeux. Elle ne voulait plus respirer cette curieuse odeur qui flottait,
ne voulait plus voir la saleté et la suie qui souillaient l'eau. Elle avait
l'impression que le lac ne servait qu'à l'acier.

On lui avait dit, pourtant, que la beauté se cachait quelque part
dans cette ville. L'exilée se lassait de la chercher.

L'enfant était un enfant et il était heureux.

Que la ville fût celle de l'acier ne lui importait pas; il avait
l'amour de l'exilée et de l'homme, et le bonheur lui était facile car
il était tout petit.

L'exilée était heureuse que l'enfant fût heureux; cela l'apaisait
un peu, mais pas assez. Le soir, lorsque l'enfant dormait, d'innombrables souvenirs jaillissaient en elle. Par les yeux de son esprit, elle

revoyait des lieux qui lui manquaient. Elle se souvenait de gens auxquels elle n'avait pas eu le temps ou l'occasion de dire au revoir.

Elle restait assise à pleurer, non loin du téléphone qui ne sonnait pratiquement jamais. Des heures passées dans l'attente de gens aimés dont l'image la torturait. Des jours passés au cours desquels s'amenuisait l'espoir qu'on se souvînt d'elle, qu'elle signifiât quelque chose aux yeux du peuple qui était le sien et qu'elle avait quitté.

Elle tenta d'expliquer son malaise à l'homme.

L'homme tentait de comprendre, mais il ne comprenait pas tout à fait.

L'exilée voulait exprimer ce mal qui la rongeait; cette impression de déracinement, d'étrangeté qu'elle ressentait ici, dans la ville de l'acier. Elle rappelait à l'homme des images du passé, de la beauté qu'ils avaient laissée derrière. Mais l'homme ne ressentait pas cette tristesse qui la frappait.

Peut-être avait-il une âme d'acier, se disait l'exilée. Elle aimait l'homme; cela, elle le savait. Mais voilà qu'ils ne se comprenaient pas, et c'était là une chose bien laide; où donc, dans cette ville de l'acier, se cachait la beauté?

L'exilée s'éloigna du lac, des aciéries qui le défiguraient et gagna les quartiers situés à l'ouest de la ville.

C'était propre et les maisons étaient jolies. Il y avait un lieu de recherche et de savoir; ses murs étaient beaux, mais l'exilée recherchait autre chose, qu'elle ne vit pas.

L'exilée avait l'impression que l'ouest de la ville passait son temps à oublier l'est. Ici, on s'abritait derrière les murs de brique et de pierre et on ne regardait jamais au-delà, croyait l'exilée. Ce marasme qui frappait les ouvriers que l'acier ne faisait plus vivre, il n'affectait pas les gens de l'ouest, car ils l'ignoraient carrément, pensa encore l'exilée.

Elle soupira; elle aurait voulu pouvoir cesser de voir la misère, entrer dans un cocon où elle lui serait dissimulée. Ici, à l'ouest, la chose était possible. Mais l'exilée ne cherchait pas que la beauté des choses; elle cherchait celle de l'âme, et elle ne la trouva pas.

Elle décida de revenir au cœur de la ville et de l'explorer à nouveau.

Cette fois, c'était les gens qu'elle regardait.

Elle les regardait marchant le long des immeubles placardés. Elle observa leur façon de se presser, de poser des regards aigris sur leur ville.

Cette aigreur, elle venait de la pauvreté. L'exilée voulut savoir pourquoi la ville était si pauvre.

On le lui expliqua. La ville était pauvre parce qu'elle attirait les pauvres. Ici, il n'en coûtait pas grand-chose pour vivre dans une maison située sous les cheminées des aciéries. La laideur de la ville faisait baisser la valeur de ses biens les plus beaux. Non loin, une ville plus grande et plus rutilante ternissait la réputation de la ville et faisait baisser le prix des biens de nécessité. Lorsqu'on était pauvre, on quittait la grande ville et on venait s'établir dans celle de l'acier en quête d'une vie moins chère; lorsqu'on n'avait pas pu apprendre grand-chose, on venait ici en quête d'un petit salaire que les plus instruits ne nous disputaient pas.

C'était pour cela que le cœur de la ville était rempli de gens à qui il manquait quelque chose : un membre ou un sens, une vision ou la raison, ou plus simplement la chance.

Toute cette misère n'était guère jolie, et l'exilée, harassée, cessa de chercher la beauté.

Sa douleur était telle que l'idée lui vint de retourner là d'où elle venait, de quitter l'homme et l'enfant.

C'était comme si son amour pour eux avait été annihilé par la laideur de la ville. Comme si l'amertume et la détresse avaient couvert son cœur d'acier. Elle était isolée ici, dans cette ville où on s'excusait poliment de ne pas parler sa langue.

Son isolement ne se limitait pas qu'à la langue qu'elle préférait parler. Il s'étendait à sa façon de penser, de réfléchir, de voir les choses simples de façon complexe. Les habitants de la ville de l'acier, eux, étaient surtout préoccupés par la survie. À cause de la pauvreté, leurs pensées étaient d'une accablante simplicité : ils ne songeaient qu'à mettre un toit sur leurs têtes et du pain sur leur table. Ils avaient cessé de chercher la beauté – du moins, c'était ce que l'exilée croyait.

L'homme aimait l'exilée, mais sa tristesse le déroutait.

L'exilée en arriva au point où rien n'apaisait sa détresse. Elle avait abandonné sa quête; la douleur l'avait mise dans un état de langueur qui ne cessait pas, et on ne la reconnaissait plus.

Les images du passé l'appelaient sans cesse. Sans trop savoir comment, elle se retrouva dans la rue, loin de l'enfant et de l'homme. Elle ne ressentait plus rien sinon, envers la ville, un dégoût qu'elle croyait ne jamais pouvoir chasser.

Toute la beauté semblait s'être retirée de sa vie; en ce moment, elle en oubliait même son amour pour l'homme et l'enfant.

Elle partit seule, furieuse contre la vie et la ville, décidée à retrouver les douces images du passé. Un autobus qui devait l'emmener à un autre qui l'emmènerait là d'où elle venait l'attendait.

Cet autobus serait la dernière chose qu'elle verrait jamais de cette ville, décida-t-elle avec rage.

Il démarra; il passa devant l'université, là où on s'efforçait de soulager les maux des travailleurs de l'acier; des gens généreux y faisaient de très belles choses mais l'exilée ne les avait pas vues. L'autobus longea le lac et l'exilée n'en vit que le côté blessé. Il y avait pourtant un parc, un espace que des citoyens dévoués avaient nettoyé et aménagé et où des enfants jouaient; c'était une belle chose mais l'exilée ne la vit pas.

L'autobus s'arrêta au cœur de la ville. L'exilée ne regardait nulle part. Mais quelque chose arriva, qui vint toucher son âme.

L'autobus s'était arrêté. Un homme maigre, ravagé par la pauvreté et la maladie, se tenait debout près du chauffeur. Il n'avait pas d'argent pour payer son passage et pourtant on ne le chassait pas. Sans qu'on le leur suggère, des citoyens sortirent leur porte-monnaie. L'homme avait de la difficulté à marcher et on ne le bousculait pas. Des gens allèrent sans hésiter assister celui d'entre eux qui avait besoin d'aide. On l'aida à prendre place et il s'assit, citoyen respecté malgré son extrême misère. C'était ainsi qu'on traitait les pauvres dans la cité de l'acier, et l'exilée le réalisa soudain.

L'exilée avait enfin découvert la beauté de la ville.

Elle était cachée dans le cœur de ses habitants et on l'appelait la dignité. Dans la ville de l'acier, les pauvres et les malchanceux aidaient ceux qui étaient encore plus pauvres et encore moins chanceux et ils en tiraient fierté.

D'innombrables exemples, des gestes désintéressés qu'elle avait vus au cours de ses périples revinrent à l'esprit de l'exilée. Elle se demanda pourquoi elle y était restée insensible. Peut-être était-ce parce que la pauvreté, qu'elle n'avait pas l'habitude de côtoyer, lui avait fait peur. Elle savait qu'elle n'avait plus à la craindre, car ici on la combattait de front. La ville de l'acier était une communauté en lutte, qui résistait aux déchirements que l'humiliation et la pauvreté auraient provoqués dans d'autres lieux. Il y avait de l'espoir pour la ville, à cause du sens des responsabilités de ses habitants, de leur refus de laisser les leurs mourir sur les trottoirs. La ville se relèverait. L'exilée avait soudain envie de participer à son redressement. Elle savait qu'elle en serait fière.

L'exilée revint vers l'homme et l'enfant. Ils ne surent jamais rien de son escapade. Petit à petit, elle redevint elle-même. Malgré la laideur d'une partie de sa surface, la ville était belle, et l'exilée y vécut heureuse.

CHRISTINE MARTIN

NOTICE BIOGRAPHIQUE

Née à Montréal en 1966, Christine Martin entreprend la rédaction de son premier roman à l'âge de neuf ans. Presque simultanément, elle s'initie aux sports équestres, qui deviennent pour elle une passion. Dans ses projets d'écriture, elle s'inspire beaucoup d'un cheval nommé Vol-au-Vent.

À l'âge de seize ans, elle commence *Fol Espoir*. Sachant qu'elle sera bientôt séparée de Vol-au-Vent, elle imagine l'histoire d'une jeune fille qui, elle, garde son cheval envers et contre tout et tous.

En octobre 1997, les Éditions Libre Expression publient *Fol Espoir*. En décembre, les Éditions des Glanures lancent son deuxième roman, *Un animal a fait grandir un enfant*, un récit largement autobiographique, dans lequel figurent certains de ses écrits de jeunesse.

Bonaventure, la suite de *Fol Espoir*, paraît en janvier 2000.

Premier titre publié par Québec Loisirs :
Fol Espoir
Troisième trimestre 1998

PHOTO : Les Éditions Libre Expression

La sorcière au chapeau bleu

Florence Nicole

Johanie Maréchal se retrouvait dans le stationnement de la garderie scolaire avec quarante-cinq minutes d'avance sur l'horaire habituel. Les deux mains sur le volant de sa voiture, incapable de descendre rejoindre son fils, elle l'observait à distance. L'attitude du bambin en salopette bleue et en pull rayé parlait un langage clair. Contrairement aux autres jours, Jean-Michel s'était isolé de ses compagnons. Le dos appuyé au mur de l'école, il entretenait des pensées négatives.

Quand un bruit de portière se fit entendre, le garçonnet leva les yeux. Sa mère était là et elle avait ouvert les bras pour l'accueillir. Mais, l'air maussade, Jean-Michel l'ignora totalement et monta s'installer sur la banquette arrière de la voiture.

— Ce qu'on est pressé! Il n'y a pas même un baiser pour sa mère? lança la jeune femme, pendant qu'il bouclait sa ceinture de sécurité.

— On va être en retard. As-tu oublié que papa arrive aujourd'hui? Il doit déjà être à la maison, et nous, nous sommes encore ici. Nous perdons du temps!

Comment Johanie Maréchal aurait-elle pu oublier? Depuis des jours qu'elle ne vivait que pour cet instant. Mais voilà qu'un simple coup de téléphone avait tout fait basculer. David était retenu. Un feu de forêt faisait rage plus au nord et deux pêcheurs se trouvant dans un secteur particulièrement touché manquaient à l'appel. Ils risquaient le pire si on n'agissait pas promptement. Seul un pilote courageux et expérimenté pouvait mener à bien cette mission difficile. David Maréchal possédait ces qualités. Il était capable de réussir là où les autres avaient échoué, lui avait dit son patron.

La petite voiture de sport s'engagea dans la voie principale. Le nez collé à la vitre, Jean-Michel se taisait. Son silence arrangeait Johanie, qui le préférait aux questions. Le moment de vérité arriverait bien assez tôt.

La voiture s'immobilisa devant l'entrée du garage et l'enfant bondit à l'extérieur en oubliant son sac sur la banquette.

— Jean-Michel! Attends-moi! cria Johanie.

Elle ne s'était pas fait entendre. Le petit se trouvait devant la balançoire où son père devait l'attendre. Le regard triste, il s'apprêtait à courir vers la porte de la cuisine.

— Jean-Michel! Maman voulait te dire. Papa a fait téléphoner. Il...

Le garçonnet s'arrêta net. Il avait compris.

— Il ne viendra pas encore, hein? C'est ça que tu veux me dire?
— Pas ce soir. Il viendra seulement après avoir accompli une très importante mission. Tu sais que des hommes sont en danger dans la forêt et que c'est à lui qu'on a confié la tâche de les retrouver? Papa n'aurait jamais refusé de sauver la vie de quelqu'un. Tu le connais. Ne sois pas triste. Écoute ça. Son patron a promis de lui accorder toute une semaine de vacances après cette expédition. Tu imagines! Toute une semaine avec papa! Et c'est pas tout. Je te réservais une autre surprise. J'ai pris congé moi aussi. Ce qui veut dire que nous serons tous ensemble pour ta première semaine de vacances scolaires. Ce n'est pas merveilleux?

— Tu dis toujours qu'il va rester. Je ne te crois plus. Je ne crois plus personne. Tout le monde me raconte des histoires parce que je suis petit, dit l'enfant en s'éloignant de quelques pas.

Johanie vint à lui, elle s'accroupit, l'attira vers elle et le caressa tendrement. Comment exprimer sa propre déception à un enfant de six ans? Comment lui faire comprendre à quel point David lui manquait à elle aussi? Jean-Michel ignorait tant de choses au sujet du dur métier de son père. L'angoisse qui l'habitait en permanence depuis sa conversation avec Claude Frigon était la sienne, pas celle de son fils. « Je songe à changer de travail. Les avions que nous pilotons sont de moins en moins sûrs. On passe plus de temps à réparer les appareils qu'à voler », avait dit le compagnon de David.

Jean-Michel était devenu lourd. Appuyé sur sa cuisse, il boudait encore.

— Écoute-moi, mon chéri. Maman n'a vraiment pas besoin d'un garçon qui s'apitoie sur son sort. Elle serait tellement heureuse que son petit homme l'aide à oublier le retard de papa. Sois brave! Je te jure que cette fois, ce sera la bonne. Quand papa sera là, nous aurons autre chose à faire que de ramasser ce qui traîne dans le garage. Alors, si tu venais avec moi? Le temps passera plus vite si nous travaillons ensemble.

Pas très convaincu, le bambin se dirigea vers le garage où s'entassaient outils de jardinage et jouets. Il s'assit sur son tricycle devenu beaucoup trop petit pour lui.

— C'est papa qui me l'a acheté quand j'avais trois ans. Tu te rappelles? dit-il en enlevant le recouvrement de caoutchouc autour des poignées.

Johanie ne dit rien. Elle se contenta de sourire et se mit à la tâche.

Jean-Michel retrouva rapidement sa bonne humeur. Il se passa plus d'une heure avant qu'il réclame de quoi calmer sa faim. Le temps était venu de prendre leur repas du soir. En entrant dans la maison, Johanie remarqua que le témoin lumineux du téléphone clignotait. Quelqu'un avait tenté de la joindre. Elle décrocha et composa le code. Une voix d'homme se fit entendre. C'était celle de Claude Frigon. « Salut, les amoureux, disait-il. Je n'ai pas l'intention de vous déranger, mais j'aimerais que David me rappelle quand il aura une minute. À bientôt! »

Son cœur se serra dans sa poitrine. Johanie ne comprenait pas que Claude n'ait pas été mis au courant du retard de David. Qu'importe, se dit-elle, car elle n'avait aucunement l'intention de donner suite ni envie de partager David avec ses amis. Elle effaça le message et revint à la préparation du repas pendant que Jean-Michel dressait maladroitement le couvert pour deux.

On mangea en bavardant de choses et d'autres. Redevenu plus calme, Jean-Michel pouvait enfin éprouver une certaine fierté d'être le fils d'un homme capable de retrouver des gens disparus et d'effectuer leur sauvetage.

Vint le moment de se mettre au lit. Après le bain, Johanie accompagna le bambin dans sa chambre. Pendant qu'elle rangeait ses vêtements, il lui fit une requête :

— Dis, maman, tu vas me raconter une histoire de sorcières, ce soir?

— Une histoire de sorcières? Ah! Non. Pas encore? Je n'en connais plus et je n'ai pas la tête à inventer une nouvelle histoire ce soir, mon chéri. Maman est fatiguée.

— Je t'en prie, maman! S'il te plaît. Raconte-moi une histoire de sorcières!

— Quand tu as quelque chose derrière la tête, toi... Bon! Disons que je vais essayer, mais je ne te promets rien.

Le petit bonhomme disparut presque entièrement sous les couvertures. Seuls son front orné de mèches brunes et ses grands yeux en émergeaient. Anxieux et tremblant, il attendait la venue de ces méchants personnages. Johanie appelait l'inspiration. Peu à peu apparut dans son esprit une forêt où déambulaient des créatures en robes noires et coiffées de chapeaux pointus. Toutes se dirigeaient vers un château haut perché sur une montagne escarpée. Une réunion de sorcières, semblait-il.

— Des dizaines de sorcières étaient venues de partout dans le monde, commença-t-elle en faisant confiance à son imagination pour la suite. C'était une sorte de recensement. Une occasion de se mettre au courant des derniers trucs à la mode. Elles se ressemblaient toutes, sauf une, beaucoup plus jeune et qui n'avait pas de verrue sur le nez comme la plupart d'entre elles. Son chapeau était différent aussi. Il était d'un beau bleu ciel. Mais ce qui dérangeait vraiment Ingrid, la plus vilaine des sorcières réunies, c'était son sourire et sa bonne humeur.

Ingrid mijotait un mauvais coup. Elle avait décidé que cette jeune sorcière n'allait pas briser leur réputation. « Venez! On va lui montrer ce que c'est une vraie sorcière, à cette petite », dit-elle à ses compagnes.

— Qu'est-ce qu'elles vont lui faire? demanda Jean-Michel.
— Les sorcières se sont cachées derrière les arbres. Chacune avait une fléchette empoisonnée en main. Elles ont attendu que la jeune sorcière se soit endormie sous un chêne, et alors, elles sont sorties de leur cachette et se sont approchées en douce. Elles attendaient le signal. Tout à coup, Ingrid se mit à rire. « Attaquez, leur dit-elle. Lancez vos fléchettes sur cette petite intrigante. »
— Ah! non. Elles vont lui faire mal! s'écria Jean-Michel.
— Une chose extraordinaire arriva. Le chapeau bleu de la jeune sorcière quitta sa tête et se mit à tourner. Il tournait de plus en plus vite en allant à la rencontre des fléchettes qui arrivaient de tous les côtés à la fois. Chaque fléchette touchée se transformait en une fleur sur sa tige qui se plantait dans le sol à côté de la jeune sorcière endormie.

La vieille Ingrid rageait. Elle n'allait pas se laisser faire. « Prenez de grosses pierres et attaquez de nouveau », cria-t-elle.

Le même manège se produisit. Le chapeau bleu quitta la tête de la jeune sorcière et arrêta les pierres, qui se changeaient en petits moutons blancs en tombant au sol. Folle de colère, Ingrid lança son balai magique et, en touchant le chapeau bleu à son tour, le balai se changea en bobine de fil très résistant qui se déroula autour d'elle. Elle était prise. Incapable de bouger, elle pleurait. La jeune sorcière se réveilla enfin. Voyant Ingrid ainsi ficelée, elle lui demanda des explications. Ingrid lui raconta tout, et la jeune sorcière la délivra après lui avoir fait comprendre que la vie était beaucoup plus agréable pour les personnes bien intentionnées. « Vous voulez essayer? » lui dit-elle en posant son chapeau bleu sur sa tête. Ingrid eut soudainement envie d'être aussi bonne que sa jeune amie. Alors la jeune sorcière posa son chapeau sur le sien et attendit qu'il devienne tout bleu à son tour pour la laisser partir.

Le récit terminé, Jean-Michel demeurait silencieux. Perplexe, Johanie doutait de ses capacités de conteuse.

— Tu n'as pas aimé mon histoire de sorcière au chapeau bleu?
— Si, je l'ai aimée, mais je me demandais pourquoi les histoires que tu inventes finissent toujours bien.

Que répondre à cela? Qu'un brin de frayeur n'a jamais fait de mal à personne mais que la méchanceté et les épreuves faisaient déjà suffisamment de mal pour ne pas leur accorder trop de place dans les fictions? Johanie embrassa son fils et le borda tendrement avant de répondre.

— C'est parce que je voudrais qu'il en soit ainsi pour nous durant toute notre vie, mon chéri. Dors maintenant. Tu sais que demain...
— Demain, papa sera là?

Johanie Maréchal refusa de répondre à cette question. Elle se retira en douce, laissant Jean-Michel en conversation avec son ourson.

De retour dans la cuisine, la jeune femme ressentit davantage le vide que laissait l'absence de David. Elle se versa une deuxième tasse de café et vint s'asseoir devant le téléviseur. Au bulletin d'informations, on parlait encore de ces deux hommes disparus en forêt. Les chances de les retrouver sains et saufs étaient bien minces, disait-on. Les flammes avaient ravagé le secteur où leur avion les avait déposés. David était-il vraiment le seul à pouvoir faire quelque chose? À quel prix? se demandait-elle.

Il faisait nuit quand on frappa à la porte arrière. Johanie sursauta. Elle n'avait pas entendu arriver la camionnette noire qu'elle apercevait derrière sa voiture. Parmi ses connaissances, seul Claude Frigon possédait ce genre de véhicule, pensa-t-elle en allant ouvrir.

Claude se tenait devant la porte. Il attendait l'invitation qui tardait à venir. Johanie lui réservait un accueil plutôt froid.

— Si tu viens pour voir David, tu as fait le trajet pour rien. Il n'est pas arrivé, dit-elle.

— Je vois que tu as eu mon message. Quand j'ai téléphoné, j'ignorais encore que David avait été affecté à cette mission spéciale.

— Je devrais avoir l'habitude de ces changements de programmes, mais tel n'est pas le cas. Cette fois, j'ai un mauvais pressentiment.

— Si tu avais une tasse de café à m'offrir, nous pourrions discuter un moment, toi et moi, dit Claude.

Johanie lui signifia de la suivre. Pendant qu'ils se dirigeaient vers la cuisine, l'homme regardait cette jolie femme. Il admirait sa grâce et son charme. David avait vraiment de la chance d'avoir une telle épouse, se disait-il. À cet instant, il trouvait injuste qu'un homme ait à faire des choix difficiles pour exercer un métier, si passionnant fût-il. La majeure partie du temps, David et Johanie étaient éloignés et le petit Jean-Michel grandissait sans la présence d'un père qu'il adorait.

Johanie parla la première. Elle désirait obtenir des informations supplémentaires de la bouche de Claude. Que savait-il réellement au sujet de ces deux hommes disparus et quelles chances David avait-il de les retrouver?

Tout, dans le comportement de ce compagnon de longue date, laissait supposer qu'il détenait des informations qu'on lui avait délibérément cachées. Malgré l'insistance de Johanie, Claude demeurait vague. Visiblement, il ignorait encore comment amorcer la conversation. Soudainement, un bruit en provenance du haut de l'escalier créa une diversion. Jean-Michel s'était levé. À demi éveillé, il pleurnichait.

Johanie se leva et monta aussitôt à sa rencontre.

— Qu'est-ce qui se passe? Pourquoi ne dors-tu pas?

Jean-Michel frottait ses yeux agressés par la lumière vive.

— J'ai fait un mauvais rêve. J'ai vu la méchante sorcière. Elle m'a fait peur, très peur, dit-il. Qui est avec toi? Papa est arrivé?

Johanie le prit dans ses bras et le rassura.

— Non, mon chéri. Papa n'est pas encore là. C'est son ami Claude qui est passé me saluer, dit-elle. Il faut aller au lit maintenant.

Jean-Michel refusa de retourner au lit en prétextant craindre la venue de la méchante sorcière. Johanie le rassura de nouveau.

— Il n'y a plus de méchante sorcière, dit-elle. Tu as oublié qu'elle est devenue gentille depuis qu'elle porte son chapeau bleu?

Jean-Michel ramassa son ourson qui s'était retrouvé à ses pieds sur le parquet et retourna se mettre au lit. Johanie le borda et redescendit aussitôt. Cette conversation à peine amorcée avec Claude Frigon la troublait davantage que les cauchemars de son fils.

Claude avait quitté sa place au bout de la table. Il s'était retiré au fond de la pièce pour faire un appel sur son téléphone cellulaire. En apercevant Johanie, il se tut et la regarda longuement avant d'ouvrir la bouche. Le sol se dérobait sous les pieds de la jeune femme. Tout à coup, elle craignait le pire. La soudaine attitude de Claude, le mauvais rêve de Jean-Michel et maintenant cette impression d'être à son tour la cible de millions de fléchettes de méchantes sorcières alors qu'aucun chapeau magique n'allait venir à son aide, la clouaient sur place.

— David a trouvé les deux gars, dit finalement Claude.

Il était évident que Claude Frigon n'avait pas que des nouvelles agréables à lui apprendre, sinon, il n'aurait pas fait cette tête. Le regard braqué sur lui, elle l'implorait de la mettre au courant des derniers événements. N'était-il pas là pour cela?

— Johanie, il faut que tu sois courageuse. C'est bien que David ait retrouvé les gars, mais ce n'est pas tout. Il est arrivé un imprévu. Quand il a aperçu les gars couchés dans le fond de leur embarcation, sur le lac, David a annoncé son intention de tenter de se poser tout près d'eux pour se rendre compte de leur état. Quelques secondes plus tard, un autre message est parvenu au contrôleur. Un problème de moteur l'empêchait de manœuvrer son appareil. Ses dernières paroles ont été : « Je n'ai plus le contrôle. Mon avion pique du nez! »

Johanie étouffa le cri qui montait en elle. Sa détresse se transformait en négation des faits. Tout cela ne voulait rien dire. Il fallait aller au secours de David, s'évertuait-elle à répéter.

— Qu'est-ce que tu fais ici? Tu devrais être parti à sa recherche, dit-elle sèchement à l'homme, qui comprenait sa réaction.
— Johanie, je suis ici uniquement parce qu'on pense que je serai plus utile auprès de toi et de Jean-Michel que là-bas, où une équipe sera bientôt au travail. Sinon, je te jure... On sait où se trouve David. Deux hélicoptères et des sauveteurs seront sur place

d'ici quelques minutes. Fais-moi confiance. Ces gars-là ont l'habitude. Ils feront tout ce qui est en leur pouvoir pour ramener ton mari et les deux gars. Souhaitons qu'ils soient toujours vivants.

David n'était pas le seul perdant dans cette aventure, pensait Johanie, tout à coup sensible à la détresse des autres femmes et des enfants, dans l'attente, eux aussi, de nouvelles de leurs proches. Elle s'effondra. Des larmes coulaient sur ses joues. Impuissante, elle implorait Claude de lui dire ce qu'elle devait faire. L'homme s'approcha d'elle et prit sa main.

— Il faut attendre et prier, si tu sais comment. Je resterai avec toi jusqu'à ce qu'on ait d'autres nouvelles. Mais si tu préfères appeler quelqu'un de ta famille, c'est comme tu veux.

La réponse vint rapidement. Johanie avait juste assez de courage pour tenir le coup. Mettre quelqu'un d'autre au courant équivalait à devoir affronter mille suppositions, à être obligée de donner des explications. Ses forces, elle les conservait pour surmonter sa peur et son angoisse. Elle préférait vivre cet enfer seule.

— Il sera toujours assez tôt pour faire part des mauvaises nouvelles, n'est-ce pas? Si tu restes, je tiendrai le coup, dit-elle entre deux soupirs.
— Tu es brave, Johanie.
— Pas si brave que ça! Claude, fais-moi plaisir. Téléphone encore. Peut-être qu'on a d'autres nouvelles. Je voudrais parler à son patron. Il me doit bien cela, n'est-ce pas?

Les appels ne donnèrent aucun résultat. L'équipe était sur les lieux, mais on n'avait toujours pas retrouvé l'appareil de David. Par contre, les deux pêcheurs se remettaient lentement de leur mésaventure. Ils racontaient avoir entendu un moteur d'avion et puis plus rien. Comme la nuit était tombée depuis longtemps, tout, en dehors de l'éclairage des réflecteurs des hélicoptères, gardait son mystère. Les recherches n'aboutissaient pas.

Johanie ne voulait rien entendre. Il fallait scruter chaque mètre, disait-elle en marchant de long en large devant le comptoir de la cuisine. On finirait bien par apercevoir quelque chose ou quelqu'un. « David est fort et courageux. Il n'aurait pas baissé les bras devant la fatalité », répétait-elle.

Ne tenant plus en place, Claude sortit faire les cent pas sur le trottoir, en face de la maison. La sonnerie de son téléphone cellulaire le tira de ses sombres pensées. Au bout du fil, le patron lui apprenait que les recherches étaient suspendues jusqu'au lendemain. Il était inutile de continuer, car une épaisse brume recouvrait maintenant le lac et les alentours. L'un des deux hélicoptères ramenait les deux pêcheurs. L'autre demeurait sur place avec les plongeurs.

— Vous croyez vraiment que Maréchal est au fond du lac? demanda-t-il.

La réponse vint sans hésitation. Si l'avion s'était écrasé au sol, il y aurait eu ou bien des traces de fumée ou un bruit quelconque que les hommes auraient entendu.

— Patron, je rentre chez moi et je me tiens prêt à partir dès la première lueur du jour. Je ne peux pas laisser David. S'il est vivant, je le retrouverai! lança Claude.

Sans attendre l'approbation de son interlocuteur, il raccrocha et revint auprès de Johanie, qui pleurait doucement. Elle semblait attendre les paroles qu'il s'apprêtait à lui dire.

— Tu peux rester seule? lui demanda-t-il.
— Si c'est pour te libérer et te permettre d'aller là-bas, je peux rester seule, ou mieux, je vais avec toi. Si tu retrouves David, je serai à tes côtés quand tu réussiras.

David seul semblait compter. Johanie oubliait son fils pour partir vers son mari. Claude finit par se faire entendre.

— On ne te laissera pas monter avec moi, Johanie. Inutile de te faire des idées là-dessus.

Il lui refusait la chance de participer à l'expédition. Il partait sans elle et la laissait seule avec Jean-Michel qui dormait profondément, inconscient du drame qui se jouait à des kilomètres de là. La jeune femme se rendit bien malgré elle. Au fond d'elle-même, elle souhaitait qu'un profond sommeil l'engourdisse, la coupe de cette épouvantable réalité. Elle caressait l'espoir qu'au soleil levant quelqu'un lui apprenne que David était vivant. Pourtant, une voix persistait à lui dire que Jean-Michel avait tort de croire que toutes les histoires qu'elle inventait se terminaient bien. Dans son esprit, aucune de celles qui surgissaient n'avait une heureuse fin.

L'appareil de Claude était en piste, prêt à décoller quand le jour se pointa à l'horizon. Une nuit sans fermer l'œil se terminait enfin. Ses yeux cernés et son teint hâve en témoignaient. C'était pure folie que de partir ainsi accablé par la fatigue et l'angoisse.

La tour de contrôle allait lui donner le signal de prendre l'air quand il reçut l'ordre contraire. Tous les départs étaient annulés pour deux heures. Un orage violent avançait.

Le pas lourd, Claude Frigon descendit et se dirigea vers la tour de contrôle. Il avait besoin qu'on lui donne les vraies raisons de cette interdiction de prendre l'air.

Un faible rayon de soleil se faisait une petite place au travers de gros nuages gris. Il colorait faiblement la fenêtre de la cuisine des Maréchal. La tête lourdement appuyée sur la table, Johanie s'était profondément endormie. À l'étage, des bruits de pas se firent entendre. Jean-Michel allait se pointer en haut de l'escalier. Son pyjama était taché de colle et quelques retailles de papier bleu s'accrochaient aux replis de sa manche.

Sa petite main sur la rampe, l'enfant descendit les marches une à une et vint vers sa mère.

— Pourquoi tu dors là, maman? dit-il en la secouant vivement.

Johanie sursauta et leva la tête. Elle devait rêver. Jean-Michel brandissait un chapeau de sorcière en papier bleu au bout d'une baguette de tambour. Le chapeau tournoya si vite qu'il se retrouva sur la table.

— Regarde, maman. Je n'ai plus peur des méchantes sorcières. Moi aussi, j'ai mon chapeau magique.

Quelle belle innocence, pensa Johanie qui revenait à la réalité. Le mauvais sort planait encore sur leur tête et, lui, il s'amusait à bricoler un fétiche tenant par un peu de colle fraîche et une corde. Elle le prit sur ses genoux et le serra très fort sur sa poitrine.

— Qu'est-ce que tu as, maman? Pourquoi tu pleures?

Johanie Maréchal se reprit rapidement. Son fils ne devait pas la voir ainsi. Elle inventa une excuse, prétexta avoir mal dormi à cause de son impatience de savoir si son père avait réussi sa mission. Ce qu'elle ne disait pas, ce qu'elle n'osait même pas penser, c'était que les heures avaient passé et que Claude n'avait pas tenu promesse. Il ne lui avait pas téléphoné pour la mettre au courant des derniers événements. Peut-être était-il déjà parti.

Le ciel s'était dangereusement obscurci. Le grondement du tonnerre se fit entendre et la pluie arriva soudainement, poussée par un violent coup de vent. La contre-porte claqua. À ce moment précis, la sonnerie du téléphone retentit. Johanie bondit sur ses jambes. C'était certainement Claude, se disait-elle en posant l'appareil contre son oreille.

La communication était mauvaise, probablement transmise par une radio. Un grincement strident se fit entendre. Suivit le son d'une voix familière et si douce à son oreille.

Quelqu'un avait prononcé son nom.

— Johanie, c'est David.
— David? Est-ce que je rêve? Où es-tu? Comment vas-tu?
— Je pense que, cette fois, tu me verras pendant un bon bout

de temps, ma chérie. J'aurai besoin d'une bonne infirmière ou d'une femme patiente qui sera mes mains et mes jambes en attendant ma guérison.

— David! Tu es vivant! J'ai eu si peur, si peur. Que t'est-il arrivé? D'où m'appelles-tu? Je t'entends à peine.

— Je suis dans l'hélicoptère. Nous arrivons à la base. Une ambulance m'attend.

— Comment c'est arrivé, tout ça?

— Nous aurons tout notre temps pour parler des détails. L'important, c'est que je vais survivre, ma chérie. Tu te souviens de toutes mes mésaventures passées? Tu me disais qu'un jour la chance finirait par me lâcher. J'ai bien cru que cette fois était arrivée. Je me trompais. J'aurai une autre histoire à raconter. Une histoire qui finit bien.

— Une histoire comme celles que je raconte à Jean-Michel. Comme celle de la sorcière au chapeau bleu, dit Johanie à mi-voix.

— De quoi parles-tu, Johanie? Je t'entends mal.

— Ce n'est rien. Je te raconterai, mon chéri.

Jean-Michel était venu se blottir dans les bras de sa mère. Il écrasait entre elle et lui cette chose difforme en papier bleu. Cela lui était égal, maintenant que sa mère souriait en essuyant les larmes qui mouillaient toujours ses yeux.

FLORENCE NICOLE

NOTICE BIOGRAPHIQUE

Comme ses personnages de *Fleurs de baies sauvages*, Florence Lessard Nicole est née et a vécu les premières années de sa vie dans la région du Saguenay. Elle se mariera à l'âge de vingt ans, et les quinze années qui suivront seront entièrement consacrées à l'éducation de ses trois enfants.

Installée à Brossard, sur la rive sud de Montréal, et de retour sur le marché du travail, elle occupera d'abord un poste de vendeuse, puis celui de préposée aux bénéficiaires au centre d'accueil Champlain, de Brossard.

Sa principale activité restera son engagement bénévole auprès des personnes âgées et handicapées. La fondation d'un journal interne dans son milieu de travail ayant éveillé son goût de l'écriture, elle participera à la rédaction de deux biographies. Quatre romans suivront :

Neige (1994 et 1998), *Entre mer et lagune* (1996), *Le Retour des perce-neige* (1998) et *Fleurs de baies sauvages* (2000).

Premier titre publié par Québec Loisirs :
Neige
Quatrième trimestre 1995

PHOTO : Les Éditions Libre Expression

161

Libido

Philippe Porée-Kurrer

Rivière-du-Loup, Québec.

Canines luisantes, tignasses rebelles, démarche blasée, les six ont longé l'ancienne voie ferrée jusqu'à cette pile de traverses puantes de créosote. Errant sans but, ils s'y sont assis, Beaulieu a distribué les cannettes d'un *pack-six* dont il a jeté le carton dans un taillis d'aulnes et Judas a enfoncé la touche *play* de son gros portatif noir.

Électrocutant l'humidité froide d'octobre, des hurlements de guitare les extirpent vaguement de la morne léthargie qui leur semble propre.

— C'te toune-là est au boutte, semble apprécier celui qu'ils surnomment Picouille.

Les autres opinent. En face, immense, blanc laiteux, le fleuve charrie vers les abysses les cendres du fracas continental.

— C'est comme mettre une viarge de bonne femme, ajoute Beaulieu.
— Ouais... mettre une viarge de bonne femme... renvoie Judas comme un écho. Là, tu parles!

Il y a Boucher, le court sur pattes, qui ne dit rien mais qui se lève et, durant trois secondes, mime du bassin un accouplement hâtif dans les premières ombres bleues du crépuscule. Les autres ricanent puis, regard planté vers le fleuve, retombent dans l'hypnose des sons.

Il a craciné tout l'après-midi et l'air est âcre du fer des rails rouillés. L'écorce des trembles dénudés et les touffes de foin jaune ont des exhalaisons d'humus qui réveillent l'atavisme du pourvoyeur. Quelque part dans leur tête, des images d'oiseaux migrateurs, de chasse, de viande, de sang chaud.

Une faim mal définie.

Poussées par d'épais cumulus, les ténèbres roulent dans le sous-bois, jaillissent sur la voie ferrée et lèchent les pierres du ballast. Judas secoue la tête d'un air affligé.

— Si on était encore flos, marmonne-t-il, on pourrait se déguiser en Dracula ou en Bonhomme-Sept-Heures et se ramasser des suçons et des Smarties, mais on peut même pus... Quand tu seras plus vieux, qu'y disaient... Sacrement!

— Y a pas mal mieux que les suçons... affirme Beaulieu. T'as pas catché les paroles de la toune tout à l'heure : ce que tu veux, t'as rien qu'à le prendre. Tu te sers et y a pas personne qui viendra te demander des comptes quand tu seras plus rien que du manger pour les vers.

Boucher se lève à nouveau, mime encore un accouplement et déclare que s'il n'y a qu'à prendre, il est « partant pour une ostie de belle guidoune ».

— Va t'en chercher une, affirme Beaulieu, qu'est-ce qui t'en empêche?

— Ce qui m'en empêche, viarge! C'est que je mesure rien que cinq pieds trois pouces de haut, que je ressemble à un baril, que j'ai autant de boutons sur la face que Picouille, pis que de toute façon je sais pas quoi leur dire, aux osties de fendues.

— Qui t'a parlé de séduire, épais! reprend Beaulieu. Moi, je parle de se servir... Ça ne vous tente pas, vous autres, une poudrée pour fêter l'Halloween en grand? On prend la plus cute qu'on trouve, veut, veut pas on l'amène icitte, pis là, tranquilles, on lui chauffe la plotte jusqu'à ce qu'elle comprenne que notre bite est pas pire que les autres.

Ils se regardent, prêts à dire non si un seul semble vouloir le faire. Mais personne ne dit mot. Émergeant dans le soir comme un éclair de lune, un sourire rectiligne tend les lèvres de Beaulieu et cela devient contagieux.

— Eh! Judas, demande celui qu'ils appellent Souris, mets-nous donc Demonsweatlive, on va peut-être finir par fêter l'Halloween comme il faut, crisse! On avait rien à faire, pis v'là que Beaulieu a des idées.

— Au fond, on va juste rendre service à une créature, ajoute Picouille : j'ai lu dans un magazine de confessions intimes que ce qui leur fait surtout peur, c'est de s'apercevoir que ça les fait jouir comme des folles.

À nouveau les sons les enveloppent, pénètrent leur chair, affolent leurs endocrines, court-circuitent leurs dendrites et allument des éclats rubis dans leurs prunelles.

**

L'enseigne du vidéo-club clignote rouge dans le bleu nuit du ciel, de l'autre côté des deux grandes vitrines encadrées d'un tube de néon rose. À l'abri du vent humide, en deux dimensions et plus grands que nature, posent un de ces guerriers tout en muscles luisants et une starlette cambrée dans l'offrande de son ventre.

Caroline Lavoie termine son horaire. Apercevant la grosse Annie maquillée qui vient la relever jusqu'à la fermeture, elle pousse un soupir de soulagement.

— Allô, fille! lance l'arrivante, pas trop roffe aujourd'hui?
— Salut, Annie, m'en parle pas! Depuis la fin des cours, ça n'a

pas dérougi. Tout le monde veut profiter du deux pour un. Il ne doit plus rester un seul film d'horreur, même le vieux *Gulp* pas regardable est parti. Chus découragée du monde.

— Ah bah! qu'est-ce tu veux, c'est l'Halloween, hein...

Annie contourne le comptoir modulaire gris pâle en y traçant une ligne invisible du bout de l'index et passe dans la pièce en arrière pour déposer son manteau, changer ses bottes pour des espadrilles et se préparer un café avant de commencer. Caroline l'observe du coin de l'œil et se dit qu'il vaudrait mieux se taire plutôt que d'essayer de partager ses sentiments avec les autres.

Ils comprennent rien!

Pianotant sur le clavier de l'ordinateur pour sortir la liste des retardataires à l'intention d'Annie qui devra les appeler, sourcils froncés, elle se fait la réflexion que rien n'est conforme aux apparences. Il n'y a pas si longtemps, lors de la rentrée, elle était ravie d'avoir décroché cet emploi. D'abord, bien sûr, pour le salaire, toujours bienvenu dans les finances d'un étudiant, ensuite parce qu'elle s'était imaginée pouvoir discuter cinéma avec les gens, élaborer sur les mérites de tel ou tel réalisateur, les faiblesses ou les grandeurs de telle ou telle scène. Mais, à part quelques exceptions qui ont, le plus souvent, davantage à voir avec des messieurs se livrant à leurs exercices de séduction, elle en est vite arrivée à la conclusion qu'il serait moins décourageant de tenir la caisse d'un dépanneur. Elle voit passer ce qu'elle estime être d'excellents films, mais ceux-là restent le plus souvent dans le coin obscur de la tablette. Les autres, ceux où ça fait paf à chaque coup de poing, plop à chaque balle, tacatacatac à chaque rafale, cling clang clung... boum! à chaque véhicule dans le décor, oui! oui! encore! à chaque mâle baissant ses culottes, ceux qui sont truffés de geysers sanglants, de chairs torturées, de cris angoissés, tous ceux-là sont en demande constante et, pire, reviennent accompagnés de commentaires du genre « Eille! dis donc, c'est l'fun en sirop c'te vue-là » ou « C'est bon en mauzusse », quand ce ne sont pas de salaces « Y te font des affaires là-dedans, ma belle, faudrait revoir ça tous les deux... » En général, ce sont les choix des gentils résidants de la charmante petite ville de Rivière-du-Loup, reconnue pour son architecture chaleureuse, son cadre unique au bord du fleuve et sa tranquillité. On s'attendrait pourtant au meilleur des mondes.

Je dois me faire trop d'illusions, se dit-elle : c'est sûrement ce que le monde a à offrir de meilleur. Je dois placer la barre trop haut. Un défaut propre aux qualités de la jeunesse, dirait P'pa.

À l'extérieur, elle retrouve tous les tons sinistres de la saison des morts : le vent chagrin, l'humidité glaciale, les voitures qui passent en éclaboussant et les arbres pathétiques. Elle frissonne puis voûte légèrement les épaules en prévision de la montée abrupte à venir. Comme chaque jour, elle se demande pourquoi les anciens avaient cette manie de bâtir dans la pente des collines.

Là où la rue se divise pour prendre la direction du Nouveau-Brunswick, Caroline coupe à travers le parking municipal désert et dominant la rivière qui donne son nom à la ville. Empanachés d'une traînée de brouillard teintée des reflets rouille de la ville, les flots se déchirent sur des rochers où, tels des scalps de harpies, s'accroche la fibre de pâte rejetée par le « moulin à papier » en aval. Sur toute la longueur de son parcours citadin, nauséabonde, la rivière charrie les puanteurs du progrès. La jeune fille plisse les narines et tâche d'oublier sa part de complicité.

Avec sa façade de briques jaunes que l'on ne voudrait voir au pire que dans des toilettes publiques, voici la caserne des pompiers. Caroline ne la regarde pas, elle ne fait qu'en subir les vibrations. En fait, avec ce petit pincement au cœur qui l'attend toujours à cet endroit, elle se prépare à franchir le pont réservé aux trains. Elle devrait emprunter celui pour les piétons et les voitures, mais ce raccourci lui économise cinq minutes de marche et le côté quelque peu périlleux du parcours présente chaque fois l'avantage de lui faire sentir la vie couler en elle.

Les traverses qui soutiennent les rails sont à claire-voie. Entre elles, beaucoup plus bas, dans les trouées de volutes rousses, la jeune fille aperçoit les flots noirs frangés d'écume ivoirine, là où ils s'écorchent aux piles du pont. Elle redresse le menton. Elle connaît sa propension au vertige. Ne pas regarder en bas! Regarder droit devant en faisant attention où elle met les pieds. Faire taire cette crainte qu'un train n'arrive dans son dos et ne l'oblige à aller s'aplatir contre le trop sommaire garde-fou de planches vermoulues.

Allez! plus de la moitié du pont est franchie. Elle cède au besoin d'un rapide regard sur la gauche, où la ville s'étend comme les gradins d'un gigantesque amphithéâtre. La saillie à vif de la rivière forme comme une travée centrale et, devant tout cela, la grande scène du fleuve, immense, intemporel. Ce panorama laisse dans l'esprit de la jeune fille l'empreinte d'un gouffre encre de Chine où, soldats de l'éphémère, quelques bataillons de lumières tentent follement de circonvenir la grandeur continentale.

Ils ont suivi la vieille voie ferrée jusqu'à la jonction condamnée. À présent, ils avancent le long de la nouvelle, où parfois passent des convois. Les bras dans la nuit, ils dansent sur les rails, marquant par à-coups secs et répétitifs le rythme sauvage que déverse le combiné de Judas.

Leur choix est posé. Partant du bas-ventre, s'agrippant à l'estomac puis au cœur, investissant la moelle, les membres, la bouche et le crâne, le sexe les a envahis. Ils ne sont plus que cela : six sexes affamés qui vont à la rencontre de leur pâture en dansant dans la nuit.

Outre cette faim barbare, quelque part dans le vortex de l'éruption rythmique qui les secoue, un interprète se fait le chantre et le grand prêtre d'une divinité des abîmes qui réclame sa part de sang et exige la grâce et la vertu sur l'autel de ses holocaustes.

— Regardez, en v'là une qui paraît pas pire, la désigne Beaulieu alors que Caroline longe la paroi minée par l'oxyde, en contrebas du parc de la Croix, et que sa silhouette se découpe sur le halo orangé de la ville.

Alertée par le combiné de Judas, la jeune fille scrute l'obscurité. Puis soudain, elle distingue les ombres qui viennent à sa rencontre plus noires que la nuit, telles des découpures hurlantes du néant.

Et instantanément, dans un éblouissement de terreur aussitôt effacée par un renoncement venu du vide de ses entrailles, elle sait que c'est la fin.

401, Ontario.

Il fait anormalement froid pour la saison. En tout cas, Richard Lavoie croit que c'est anormal, de la neige à cette époque et dans cette partie du monde. Immaculés, les flocons surgissent des ténèbres pour aussitôt s'écarter devant le pare-brise comme une haie d'honneur. Dans sa lueur bleutée, la radio module des ondes venues de l'autre versant du lac Ontario où, nostalgique, une station remet les années soixante dans l'éther.

Pour lui, Aretha Franklin et Ray Charles évoquent des pans dorés d'une adolescence qui avait tout imaginé sauf la douleur. Tout sauf le meurtre de sa fille. Il grimace puis, encore une fois, secoue violemment la tête pour échapper à l'effet hypnotique des flocons. Des panneaux ont indiqué Kingston : il a assez roulé aujourd'hui, il prendra la prochaine sortie.

Que peut-il y avoir à Kingston?

Un autre faisceau de phares dans le rétroviseur latéral. Un camion le dépasse rapidement. Un autre parmi la multitude qui jour et nuit rapetisse le continent afin que des laitues de Hermosillo soient servies sur des tables de Gaspé.

Il suffirait qu'au bon moment il braque le volant à gauche et tout finirait dans un ultime fracas. Qu'est-ce qui l'en empêche? La morale? Le bien et le mal se confondent dans la tumeur de ses jours. L'espoir? Sinon son estomac qui continue à réclamer café ou pizza, sinon sa libido qui, monstrueuse, indifférente, n'a pas cessé d'exiger le ventre des femmes, il n'en a plus. Et il n'en veut plus. Non, il ne reste que la peur. Un peu celle que ça fasse mal, mais surtout celle qu'au-delà soit ou ne soit pas une fin.

Lancé sur sa propre dimension, le camion passe, aspergeant le pare-brise d'une boue de neige sale.

Un instant de perte de vision, le couinement des essuie-glace et, juste à temps pour apercevoir la bretelle de sortie, à nouveau l'angle de la route balisée par la nuit. Un peu plus et il continuait ailleurs. Cela changerait-il quelque chose? Il ne veut même pas y songer, il est las. Une chambre, une douche, des draps frais et dormir!

Le virage de sortie n'en finit pas. L'impression de quitter une course qui n'aurait d'autre but qu'elle-même. N'est-ce pas le cas? Dépouillé de tous ses artifices, le fameux Rêve américain n'est-il pas de parcourir indéfiniment le continent avec pour seule attache un bolide musical dont l'unique siège passager n'est réservé qu'aux fantasmes?

Fin des voies rapides, le premier feu d'intersection est au rouge et sur la gauche deux rangées de lampadaires dissolvent le mur des flocons. Le monde commence à la seconde intersection, là où, rassurant, le bouquet criard des enseignes du McDonald's et du Pizza Hut font pendant au soleil couchant stylisé du Comfort Inn. Les lumières de la ville. Que s'était-il imaginé!

Les portes vitrées de la réception ne présentent aucune trace de doigts, les lumières sont tamisées et les plantes décoratives presque naturelles. Visage poupin, aucun cheveu rebelle, lunettes à épaisse monture, blazer bleu marine impeccablement boutonné, le réceptionniste sourit très sérieusement. Lui rendant l'amabilité, Lavoie se demande s'il a secoué la neige de ses souliers.

Tout se passe très simplement, avec des échanges tels que : « One person? », « Yes, one », « One night? », « Yes, one ». Courtois, le réceptionniste s'occupe de lui, mais son attention s'est portée sur de nouvelles venues depuis qu'une Tercel immatriculée de la Nouvelle-Écosse est venue se garer juste devant les portes et que trois jeunes filles blondes, sportives et riantes, sans doute des étudiantes, en sont descendues pour s'informer du tarif des chambres.

Calculant l'essence et les repas jusqu'à Daytona Beach, elles réfléchissent tout haut entre elles tandis que Richard Lavoie remplit sa fiche. Il est conscient que l'adresse qu'il indique n'est déjà plus que le souvenir d'un passé qui perd ses contours dans la brume du chagrin, mais on ne peut marquer sans domicile à la section adresse d'une fiche d'hôtel. Avant, il aurait pu imaginer que l'holocauste de leur enfant le rapprocherait de Sophie, sa femme. Mais c'est tout le contraire qui s'est produit. Comme si c'était sa faute. Quoique, la responsabilité est peut-être inscrite dans la chimie du mâle qu'il est?

La chambre est exactement comme il s'y attendait : une bulle.

Ni belle ni laide, sa neutralité est sédative. Il se demande quel génie a pu en concevoir la décoration : si elle ne relève pas du bon goût, elle ne doit rien non plus au mauvais. Cela va jusqu'à la grande sérigraphie au-dessus du lit; sans elle, il y aurait un vide évident, mais, si elle possédait assez de caractère pour tendre vers la beauté ou la laideur, c'est toute la pièce qui en pâtirait. Si ce n'était ce qu'elle est, cette chambre serait une célébration : au prix de la vie, la plèbe tient finalement sa victoire sur la souffrance.

Ses souliers se font face au pied du divan, de chaque côté du lampadaire ses chaussettes s'ennuient l'une de l'autre, son pantalon se pelotonne sur le tapis entre le lit et la commode et sa chemise est mollement avachie sur le dossier d'une des deux chaises installées autour de la table ronde, où s'alignent le portefeuille, les clefs et l'anneau oriental acheté par curiosité dans le distributeur automatique d'un *truck-stop* à côté de Dorion. Il a pris possession des lieux puis est passé dans la salle de bains où, assis pour pisser, conscient du poids de ses testicules dans le vide de la cuvette, il observe la douche-baignoire monobloc, avec la tentation confuse de se perdre dans les courbes lisses qui n'évoquent rien de plus que le mystère des lignes tendues vers elles-mêmes, comme si le cercle pouvait échapper au néant.

Que faire à présent? S'il se couche, il se réveillera au milieu de la nuit avec des tiraillements d'estomac et ne pourra plus retrouver le sommeil. Il commence à les connaître, ces nuits interminables où, cherchant à échapper au ventre qui crie au vide, la pensée patauge dans l'absurde et s'écorche aux récifs de l'imagination. Dans sa tête, pizza et *fettuccini* se disputent le premier rôle. Autrefois amateur d'une cuisine plutôt sophistiquée, pourquoi ne pense-t-il plus qu'à des plats italiens depuis qu'il est séparé? Il est vrai que la solitude s'accommode mal d'un civet de lapin.

La solitude! Pizza et pâtes s'estompent, voici l'azur égéen d'un regard, voici l'albâtre d'un ventre, voilà les courbes amphorées d'un bassin : toute la Méditerranée, la chaleur, la lumière, la vie. Il regarde vers l'interrupteur, mais il n'y a pas ici de ces lampes chauffantes qui peuvent donner l'illusion du soleil.

Et s'il se trouvait un bon petit restaurant où il y a des nappes rouges sur les tables et où l'on fait cuire la pizza dans un four à bois? Il doit bien y en avoir un dans un patelin comme Kingston. Et pourquoi aussi n'y aurait-il pas une fille qui a peur de la nuit? Il ne réclame pas le bonheur, il sait que c'est tout autant impossible que ce serait immonde, non, tout ce qu'il désire c'est une présence : des paroles, des rires – même idiots –, une main sur la douleur de son dos, une épaule qui appelle le réconfort de sa main. Quelqu'un à aimer. Pour se sentir au nombre des vivants.

Et baiser!

Irrité contre lui-même, il secoue la tête avec affliction. Faut-il vraiment être moche! Moche? Pourquoi moche, puisque, en définitive, baiser est ce qui doit sans doute motiver son sinistre sursis. Le voici, seul et imbécile, absurde, sur la toilette immaculée d'une chambre sans âme d'un motel clone à la périphérie tout en néons d'une ville standard d'un continent qui s'abîme dans le vertige des confins. Comment combler le vide et neutraliser l'angoisse? Oui, comment se jouer le Grand Cinéma autrement?

Il pense trop, cela a toujours été son problème. Une douche lui fera du bien.

Se penchant pour faire couler l'eau, il entend des rires venant de l'autre côté de la cloison. Sans doute les étudiantes des Maritimes. En tout cas, ce sont des rires féminins – et jeunes!

Argentée, presque solide, l'eau jaillit du bec inoxydable. Il imagine des adolescentes en sous-vêtement blanc immaculé, comme dans un catalogue féminin. Une légère senteur de chlore lui fait plisser le nez. Le visage de Caroline lui apparaît au-dessus de la baignoire. Elle lui sourit de ce sourire amoureux de petite fille qui le faisait se sentir fort et bon.

— Tu es là, dit-il.

Il a comme un tremblement d'épaules, pousse un soupir puis tend un doigt pour vérifier la température de l'eau.

Encore un rire de l'autre côté, clair et sonore. Vivant! Lavoie sent son sexe. Comment est-ce possible après tout ça! Alors que le foutu sexe est justement la cause de tout ce gâchis! Mais est-ce vraiment le sexe, au fond? Il transfère l'eau du robinet à la douche, enjambe le bord de la baignoire et ferme le rideau.

Tout effacer! Oublier! Oui, là! Qu'une bouche le suce et le vide, le vide à jamais du besoin d'aimer. Une bouche, un cul ou un con, peu importe! Un trou et disparaître dans l'oubli.

Il quitte la douche et va d'un vêtement à l'autre, comme mû par un automatisme, évitant de penser à quoi que ce soit en dehors de la nécessité des gestes. Juste avant de sortir, il s'arrête un instant pour évaluer quelle impression cette chambre pourrait faire sur la personne avec laquelle il reviendrait, et aussi de quoi elle aurait l'air avec une inconnue pour la partager.

À nouveau la nuit froide, les flocons mouillés et la lumière rousse. Réconfortant, le cocon de la voiture. C'est la dernière présence, presque une amie qui le baigne de ses lueurs intimes et le réchauffe aux refrains passés.

Il a oublié sa faim, ne pense plus à des plats italiens. Son vœu est un ventre. Non pas tant des seins ou un sexe, juste un ventre. Un ventre qui lui rappellerait... Lui rappellerait quoi?

La ville fait le trottoir, vulgaire, fardée d'enseignes rouges, jaunes ou bigarrées, clignotantes, tournantes ou fixes. Au feu rouge, dans l'éclairage blafard de la station-service, il y a une femme penchée vers le goulot du réservoir de sa Geo. Un long manteau bleu-vert, des cheveux vénitiens aux épaules : une femme dans le soir avec son histoire et ses espérances pour échapper au désespoir. Non, non, celui-là, il ne l'invente pas pour dramatiser, il est là, inscrit dans la courbe de l'échine, dans la façon dont elle joint ses chevilles, dans ce frisson qu'elle a dans le faisceau cru. Il a soudain envie de pleurer. Pourquoi ne peut-il pas aller la trouver, lui dire : c'est fini, tout est fini, et la serrer dans ses bras? Pourquoi ne peut-il pas faire ça? C'est tout ce qu'un homme demande.

Le feu passe au vert. La voiture grimpe une côte, au-delà de laquelle il y a moins d'enseignes. Il roule. Passé un terrain vague grillagé, à travers les flocons qui reprennent le dessus, il aperçoit un néon rose et mauve qui clignote. Black Cat, lit-il en sachant déjà qu'il a trouvé ce qu'il cherchait. En lui-même le néon l'écœure, mais n'est-ce pas ce qu'il désire?

— L'Appel de la fange, ricane-t-il tout haut.

Des torchères halogènes révèlent sans concession chaque détail du stationnement abrité d'un toit de tôle. Il a un regard pour la Camaro noire et le pick-up rutilant entre lesquels il se gare. Les chromes sont à l'honneur. Frissonnant, étonné du bruit sec de ses semelles sur l'asphalte, il se dirige vers une porte orange vif enchâssée dans une arche de stuc paré de briques synthétiques. De l'autre côté, il est assailli par la couleur vert chou du tapis et par des effluves rances de bière. Il grimace au couinement aigu d'une guitare, au son de laquelle une fille vêtue d'un boa rose se déhanche en se tortillant autour d'un pilier. Il pense à faire demi-tour, seul le sourire avenant de la serveuse près du bar le retient. Choisissant une table près de la scène, il détaille ses hanches alors qu'elle s'avance vers lui en changeant au passage le cendrier d'une table où est avachi un gars coiffé d'une casquette Amoco. Du ventre, dans la trentaine, il porte chemise et pantalon de travail bleu gris. Avec en arrière-pensée le modelé des hanches de la serveuse qui l'interroge, Lavoie décide que le gars doit être un camionneur de passage qui, comme lui, a dû trouver sa chambre désespérément vide. Puis, avant que la serveuse prenne sa commande, il se demande ce qu'elle peut bien penser des filles qui dansent. La détaillant de près, il regrette d'avoir cédé au sourire : ce n'est qu'un masque. Il réclame néanmoins une bière puis, abandonnant la serveuse et ses hanches, il se concentre sur la fille au boa, qui vient d'étaler une couverture imitation peau de panthère au centre de l'estrade vitrée. Sinon ses souliers et son boa, elle est nue. Il s'étonne de ne rien ressentir. Le seul détail qui l'étonne en elle est son regard. Il voudrait y voir quelque chose d'éteint, de mort, ce serait logique. Mais non, jusque dans ses prunelles, la fille semble trouver une satisfaction sans vergogne à la lubricité que, s'il faut en croire les exclamations, son exhibition provoque dans l'assistance. Il réalise soudain que c'est pour cela que, chez lui, elle ne provoque rien.

Face à la scène, il aperçoit une table où trois filles sont assises. Sans doute les autres danseuses. Vêtue d'une espèce de tutu écarlate de ballerine, l'une d'elles a les talons remontés contre les fesses et le menton appuyé sur les genoux. Lèvres boudeuses, elle regarde droit devant elle dans le vide. Une autre, l'air vague, regarde sa consœur sur la scène et siphonne à petits coups dans les deux pailles qui émergent d'un long verre à cocktail où surnage une cerise. La troisième, peau laiteuse, *baby-doll* noir vaporeux et sourire Mona Lisa aux lèvres, le fixe avec insistance. Perturbé par l'éclat ivoirin du regard, il lui sourit puis détourne les yeux vers le bar, vers l'échappatoire de la grosse télévision où est retransmise une partie de base-ball.

Celle-là n'est pas comme les autres, se dit-il en voulant se convaincre qu'elle fait ce qu'elle fait en sachant pertinemment ce qu'elle se fait. Il est ému de percevoir en elle une faiblesse qu'il reconnaît.

Il revient à elle et constate sans surprise qu'elle l'observe toujours tandis que ses lèvres troquent le mystère pour la complicité. Il lui sourit à nouveau puis se le reproche.

Mais la solitude parle plus fort. Il balaie tout ça et s'imagine lui parlant, la faisant rire, sortant avec elle dans la nuit floconneuse, l'invitant dans les lueurs bleues de sa voiture pour aller manger un plat de *fettuccini* et boire une bouteille de chianti : riant encore, avant d'aller s'étreindre, très fort, au nœud du continent, dans l'anonymat de la chambre universelle.

Il ne s'est pas rendu compte qu'il a fermé les yeux pour y penser. Il y a eu des applaudissements et des rappels lorsque la fille au boa a remballé sa couverture panthère, mais c'est le changement de musique qui les lui fait rouvrir, juste à temps pour voir « Peau-de-lait » qui, montant à son tour les marches de la scène, a un signe convenu avec le blond qui met les disques dans la petite cabane noire à côté du bar.

Le silence soudain de l'assistance le prouve, et Lavoie ne peut que le constater : elle a un corps magnifique.

Trop pour cet endroit, pense-t-il.

Peau-de-lait se love au rythme. En ondulations océanes, son bassin chevauche chaque note. Lavoie cherchait un ventre, le voici pris aux rets d'un visage qui se fait le livre ouvert des noces sauvages de la chair et du rythme.

Elle pose ses doigts à plat sur son ventre, les glisse sous la dentelle de sa culotte. À travers la gaze ténébreuse, ses seins lancent leurs pointes rosées vers les mouvances brunes au plafond. Belle! Elle est très belle, cambrée dans l'holocauste de son ventre.

La tentation! Le désir est à son comble, le rythme en est la voie royale. Derrière les fronts, le no man's land monochrome de l'identité. Un panorama blanc argent déroule ses vallons crépusculaires. Tous sont là, nus, sans nom, sans matricule, sans mots et sans âme, confondus dans une chair à jamais insatiable d'elle-même.

Tant pis! La fille est trop belle, toute la chaleur et tout l'amour du monde doivent se cacher en elle. Oh oui! S'enfoncer en elle, dans sa chaleur et ses organes, dans son sang, son cœur et ses reins, dans la moelle de ses os. La retourner et se retourner, se révéler!

Persuadé qu'ils ne sont plus que l'un pour l'autre, Lavoie lui sourit alors que, laissant tomber son *baby-doll*, elle entrouvre à nouveau les paupières.

Elle ne semble pas bouger et pourtant tout son corps vibre. Le silence est lourd autour du rythme. Elle coule sur elle-même puis se dresse sur la pointe des pieds tandis que ses épaules vont toucher la scène. Frémissant, arc-bouté, il n'y a plus d'elle que son bassin, tendu comme un appel.

Elle n'a pas encore ôté la dentelle ajourée qui lui sert de petite culotte. Toujours à genoux, bien droite, une cuisse légèrement déportée, languide, elle a promené un doigt dans le sillon doux de son aine puis, sous les fleurs de coton, l'a porté sur ses grandes lèvres dont, très doucement, elle épouse à présent le relief. Elle le regarde et soulève les paupières brièvement, comme pour lui demander l'autorisation de poursuivre au-delà. Il a un mouvement indécis qu'elle semble interpréter comme un encouragement, car elle adresse un signe entendu à l'une de ses consœurs, qui aussitôt se lève et lui apporte un boîtier noir. Avec un léger sourire coquin, Peau-de-lait l'ouvre et en sort, dressé sur un socle noir, un phallus de marbre rosé.

Atterré, au-delà du sourire frivole, Lavoie croit déceler de la détresse dans les yeux bruns. Il lui fait signe que non. Elle ne paraît pas le voir, pire, son regard se porte tout à coup au-dessus de lui et s'allume. Il se tourne et aperçoit un type, large comme deux, vêtu d'une immense chemise à carreaux, d'un pantalon de travail vert et de grosses chaussures de chantier. Tout juste s'il ne porte pas son casque de sécurité.

— Hello! Beauté! lance l'arrivant à l'adresse de la fille.
— Hello! Joe! lui répond-elle haut et fort, visiblement contente de le voir.

Lavoie comprend que le gars doit avoir le portefeuille géné-reux. Il voudrait pouvoir en vouloir à quelqu'un, mais ce serait absurde : il n'y a que lui qui soit un imbécile.

Il plonge son visage dans le creux de sa main un long moment. Lorsqu'il revient à ce qui l'entoure, elle est à croupetons, allant et venant le long du phallus de pierre. À nouveau, il remarque les relents de bière rancie et de mégot mouillé. À nouveau, il est catastrophé par l'horrible tapis et, redécouvrant les hanches de la serveuse, se demande si quelque part elle ne rêve pas de danser comme les autres.

Peau-de-lait joue la jouissance autour de sa pierre. Il s'imagine la pénétrer, là, sur la scène, et qu'avec lui tous les autres lui passent aussi sur le dos. Qu'ensemble lui et eux la farcissent de leur semence bovine, de leur foutre porcin, qu'ils la salissent et se salissent, l'éteignent et s'éteignent dans cette foutue jouissance. Une fois pour toutes. C'est une pute, elle ne dirait pas non : se détruire mutuellement et savoir que l'autre sait que l'on sait qu'il sait, y a-t-il un autre moyen d'être moins seul?

Il s'en veut de ces pensées.

Il va tout faire sauter! Le monde redeviendra comme avant, comme lorsque Caroline était là! Propre, beau et plein de lumière.

Bien qu'il ait envie de hurler, il se lève en silence, traverse la salle avec l'impression que ses pas le portent mal, puis pousse la porte orange vif.

Dehors, c'est le parking cru et froid. Immense, la courbe de la nuit enveloppe le continent jusqu'à l'oubli. Le Grand Rien. Il monte dans son auto. Sur une station, Leila Josefowicz interprète une sonate d'Isaye. Il y a de la sensualité à fleur de peau dans son violon!

Il roule dans la lueur rose des néons, rejoint sa chambre sans penser, se dévêt en laissant tomber son linge sur place, passe dans la salle de bains pour uriner, aperçoit le reflet de son sexe tuméfié dans le miroir, pense à une ombre, refuse de la définir, se masturbe, pense aux trois filles à côté, les imagine... en petite culotte de coton blanc, virginales! Et merde! Il les enfile l'une après l'autre, les petites saintes de marbre! Il les fourre, les petits anges immaculés! Il réjouit ses mains sur leurs petits culs, son ventre sur leurs petits ventres, satisfait son ego dans les cris de l'innocence perdue.

Mais il jouit, ravagé par la perte des yeux rieurs de l'innocence, éjacule sur le miroir, se retourne pour attraper une débarbouillette sur le support inoxydable, s'essuie, nettoie le miroir, jette la débarbouillette sous le lavabo avec une pensée contrite pour la femme de chambre, éteint la lumière, va se coucher, pousse une plainte, dit tout bas : « Bonne nuit, mon ange... Excuse ton père, un salaud comme les autres. » Il a un sanglot étouffé, puis sombre dans le néant d'un sommeil qui doit beaucoup à la vidange.

PHILIPPE
PORÉE-KURRER

NOTICE BIOGRAPHIQUE

Philippe Porée-Kurrer naît à Fécamp, en Normandie. Il fait ses études dans un pensionnat religieux, à Rouen. En 1968, il est fiché comme anarchiste. Lors d'un récital du Philharmonique d'Israël, il s'éprend d'une violoniste et abandonne brusquement les études pour tenter de la retrouver à Tel-Aviv. Mais la route de l'Est est semée de rencontres... Il traverse la Turquie, l'Iran et c'est une dysenterie qui le stoppe en Afghanistan. De retour en Europe, il lui faut travailler. Il est pâtissier à Paris, pêche la morue au Groenland, est matelot dans la marine marchande, chef de rang sur le paquebot *France*, photographe de cartes postales au Sénégal, aux Bahamas puis à Manchester. Il passe en Amérique, est grillardin au Texas, coupeur de canne à la Martinique, colporteur à Montréal, bûcheron au Yukon, puis cuisinier au Lac-Saint-Jean, où il rencontre Marylis, qui va devenir son épouse. Ensemble ils font le grand tour du continent, descendent l'Amazone sur un radeau, jouent et perdent tout leur avoir à Las Vegas, vivent chez les mennonites, au Mexique, et chez les Indiens Turahumaras. Ils ont six enfants, élèvent des chèvres et des chevaux dans le nord du Lac-Saint-Jean, fabriquent des jouets en bois en Colombie-Britannique, gardent des troupeaux en Saskatchewan. Il est radio-téléphoniste à l'aéroport de Ticouapé, agent d'artistes dans les festivals d'été. Enfin, son premier roman, *Le Retour de l'orchidée*, est publié en 1990. Puis suivent *La Promise du Lac* (1992), *La Quête de Nathan Barker* (1994), *Shalôm* (1996) et *Chair d'Amérique* (1997). *Maria*, la suite attendue de *La Promise du Lac*, paraît à l'automne 1999.

Premier titre publié par Québec Loisirs :
La Promise du Lac
Quatrième trimestre 1993

PHOTO : Les Éditions JCL

Un vendredi soir sur la terre

Danielle Roy

Elle débouche sur la grande place intérieure. Un confluent de théâtres, boutiques, restaurants. Dehors, un temps de misère. Entre neige et pluie, le vent en tourbillons, des papiers sales, des feuilles à l'agonie. Elle s'ébroue. C'est l'automne avancé, doigts gourds, nez suintant, frissonnements garantis. Réconfort de se retrouver à l'intérieur. Elle avance parmi le gris bétonné baigné de clarté factice, et leur trouve d'improbables beautés. Elle va son chemin dans la tiédeur artificiellement recréée. Un rendez-vous. Ses deux meilleures amies.

Il est là, avec un copain de toujours. Se sont consolés de la température exécrable devant un café noir. Très chaud. Dans sa poche à Lui, des billets pour le concert. L'autre homme, celui qui n'est pas Lui, l'aperçoit, Elle, qui avance dans leur direction. Il apprécie et Lui indique la femme vêtue de rouge qui cingle vers l'une des salles de spectacle. Lui, il lance un regard distrait du côté de la silhouette qui se précise. Il focalise son attention et le choc est immédiat. Le sourire amorcé sur ses lèvres se fige. Des souvenirs enfouis fusent en un bouquet désordonné, épines à profusion. Ailleurs, avant, une autre vie, un monde englouti. Et s'agencent des images, colorées, odorantes, brutales de netteté. Refus instantané. Il se crispe. Perd l'esquisse de sourire, perd la parole, le début d'un geste. Perd le fil. C'était hier et il y a cent ans. Un passé renié, piétiné, dont il n'a plus cure... Et qui a décidé de ressurgir.

Elle n'est maintenant qu'à quelques encablures. A ralenti le pas pour vérifier l'heure à sa montre. Exhale un joyeux soupir. Car il en est de joyeux. Elle a tout son temps. En relevant la tête, Elle reçoit le regard incendié. Le reconnaît, ce regard-là. Un éclair jaune. Dans un temps aboli... Elle aurait dit ambré. Cette mauvaise lueur a le froid d'une lame glissée entre ses seins. Personne ne souhaite être ainsi regardé. Grande est sa stupéfaction... venue de si loin. Et qui s'aiguise jusqu'à la douleur. Elle hésite au bord d'une subite foulée de coureuse. Ces prunelles qui percent et repoussent lui donnent envie de fuir. Mais plutôt mourir que céder à pareille lâcheté. Alors, Elle s'oblige à l'immobilité. Le considère attentivement, Lui. C'est-à-dire de la tête aux pieds. Sans émettre le moindre son, ses lèvres forment chacune des syllabes de son nom. Dans ses yeux, une infinie perplexité.

Il a lu sur les lèvres pâles au sourire incertain. Brusque acquiescement de la tête. Alors qu'il aurait souhaité ne pas avoir bougé un cil. Bien malgré Lui, il a lancé un appel. Et contre ses cuisses, il serre les poings. Ne pas ouvrir les bras. Un formidable effort pour ne pas ouvrir les bras. L'idée de faire table rase Lui est venue sans même penser. Ouvrir ses bras... La haine heureusement, l'orgueilleuse hostilité, accourue à la rescousse. Plus rien ne doit vibrer en Lui.

Elle s'est approchée, fragilisée par l'appréhension. Quelques pas les séparent. Juste assez pour se jauger sans ménagement. Elle semble n'en plus finir de s'étonner. A-t-elle pu croire qu'il en mourrait? Eh bien, on n'en meurt pas, la preuve! On vit même très bien, après... Elle détaille son visage avec une rare incrédulité. Le voilà tel que, dans un espace innommé, Elle le regardait accumuler les mois, les expériences, les réussites. Les bonheurs. Loin d'elle. Depuis vingt ans exilée de sa vie. Par sa faute! À Lui! Elle va parler, c'est sûr, alors qu'il la musellerait d'une paume implacable. Elle se rapproche à le toucher, alors qu'il la chasserait d'une ruade. Il l'avait condamnée à ne jamais refaire surface. Jamais! Ou, à la rigueur, démantibulée par l'obésité et les rides. Grugée par un implacable cancer. Elle aurait dû mourir en couches. Périr en mer. D-i-s-p-a-r-a-î-t-r-e! Mais il ne peut lui crier ces mots-là. Ni d'ailleurs les murmurer. D'autres mots s'insinuent parmi ceux du ressentiment.

Dont il a aussitôt horreur. Elle hésite : « Vous êtes bien...? » Il la coupe d'un « humph! » chargé de malveillance. À peine audible. Elle se trouble davantage, mais n'en démord pas : « Vous me reconnaissez? » Silence glacé de haut en bas, de long en large. Clair qu'il ne consent à rien. Rien de courtois ou de simplement mondain. Elle hoche la tête. « Vous me rappelez... Vous avez à peine changé. » Lui? Toujours rien. L'ami, qu'on oubliait, se porterait bien à la rescousse. Ne peut que se taire. Il essaie de regarder ailleurs. Première fois de sa vie qu'il ne trouve rien à dire. Ni de drolatique. Ni de simplement bienséant pour alléger l'atmosphère. Il n'est plus qu'abstraction. Entre ces deux-là, un quelconque secret, chargé d'une sourde douleur. Il vaut mieux ignorer. Laisser ces deux êtres patauger dans leur ancienne misère. Elle est trop aiguisée pour ne pas Lui avoir laissé une entaille. Il est trop fier pour admettre avoir souffert. Et en infiniment plus complexe.

Elle continue, franchement têtue. « Vous êtes revenu pour de bon ou seulement de passage? » Lui ne bronche toujours pas. Les traits durcis, il la dévisage sans aménité, le regard acéré, la bouche sèche. Il serre toujours les poings. Elle mord sa lèvre inférieure. Bouche très sèche elle aussi. « Excusez-moi, lance-t-elle dans le silence oppressant, je ne voulais pas vous importuner. Je vous laisse, puisque vous refusez de me parler. » Elle s'est éloignée. Se détourne à demi, le toise, cette statue du refus, et jette sur l'ami un regard clair. « Messieurs, je vous souhaite une bonne soirée. » Et ce sourire qu'elle leur abandonne. Tristesse et défi. Elle accélère sa marche à peine interrompue. Soudainement se retourne et s'arrête vraiment pour bien le regarder. Une dernière fois. Lui n'a pas bougé. Un dernier appel de tout son corps à Elle. Je t'en prie, dis quelque chose, n'importe quoi! L'incompréhension sur tous ses traits. À serrer le cœur, pense l'ami, qui franchement n'y comprend rien. De quoi a-t-elle pu se rendre coupable pour être à ce point niée?

Elle s'est arrachée au regard de pierre. A franchi le périmètre de lumière où il lutte pour retrouver une contenance... Car Lui, il ne pense qu'à se remettre bien droit en selle. Reprendre solidement les rênes. Juguler la confusion. Retrouver le contrôle. « Une emmerdeuse! » grogne-t-il, comme pour lui-même. Mais c'est pour l'autre, qui s'étonne, le sourcil levé. La question pernicieuse, en ami discret, il se garde bien de la formuler. Là-bas, déjà, l'image d'Elle s'amenuise. Se mêle à la foule qui s'applique à la gommer. Elle n'est plus qu'un pan de vêtement rouge surmonté d'une très brune chevelure. Des silhouettes l'entourent. Elle vient de se fixer en un point qui révèle sa destination. Une soirée au théâtre...

Il n'a d'abord pas dit un mot. Regard toujours rivé sur la tache mouvante, qui, au loin, refuse de totalement se délayer. « Qu'est-ce qu'on disait, déjà? » murmure-t-il avec une légèreté forcée. Ah! oui, ses projets? Il élabore d'une voix mécanique des plans qui ont perdu tout attrait. En vérité, ses projets, il s'en fout. Il a été happé par le passé. Il s'y débat, s'y englue comme un furieux. Deux plis barrent son front. La lassitude le gagne. Il souhaite aller prendre son siège.

Elle formule à peu près les mots qu'on attend. Réagit plus ou moins à ce que ses deux amies racontent. La tête ennuagée, incapable de fixer son attention. Heureusement, les deux autres ont mille sujets à explorer. Elle sourit vaguement quand on la consulte. Acquiesce à tout. Facile en un sens. Ses amies l'entraînent. Elle se laisse guider. Perçoit tout avec une blessante acuité. Mais n'enregistre rien. Frappée d'une bizarre cécité. Aux prises avec un mouvant paysage intérieur. À peine terni, bien que très ancien. Aussitôt calée sur son siège, Elle devient muette. Épuisée.

Les deux hommes commentent le programme. Magnifique soirée en perspective. Les *lieder* de Beethoven et de Schumann, la *Fantaisie* du même Schumann et les *Sonates pour piano et violoncelle* de Beethoven. De quoi se régaler, s'exclame l'ami, dont l'enthousiasme cherche un écho. Lui, la mine rembrunie, il s'agite dans son fauteuil. Plie et déplie ses jambes. Se plaint de la chaleur, alors qu'il est assailli de frissons la seconde qui suit. Il répond tant bien que mal à de très inutiles questions, alors qu'il appelle un temps neutre, un silence de plomb. Souhaiterait se retrouver seul. Ou courir jusqu'à l'épuisement, peut-être? Frapper sûrement. Heureusement le concert commence. Il gémit de soulagement. S'enfonce dans son fauteuil. Ferme les yeux. Sursaute. Les rouvre aussitôt. Rester vigilant, sinon...

Le noir est descendu lentement sur la salle. Une musique comme une plainte tente de percer cette fausse nuit envahie de brume. Sur scène se dessinent par à-coups des lambeaux de lumière. Un décor se déploie, se meuble et organise des repères. Elle s'ingénie à se perdre dans l'histoire qui, par petits bouts, s'échafaude. Elle s'accroche aux voix, aux mouvements, aux mystères des acteurs. N'y parvient pas. Elle glisse, Elle déboule vers Lui. Comme une forcenée, Elle tente de se déprendre d'un nœud qui veut l'enserrer toute. Elle le supplie dans sa tête. Tu aurais dû comprendre. Je ne pouvais faire autrement. Je ne pouvais pas. Tu es venu au mauvais moment. Tu exigeais, t'impatientais. Je t'aimais dans le déchirement. Tu aurais pu me donner un peu de temps. Je n'aimais que toi. Souvent, depuis, Elle s'est demandé comment se serait déroulée leur vie si... Le revoir... Sans y croire, mille fois, Elle en a rêvé. Et tantôt le rêve a consenti à se matérialiser. Pour bien lui faire comprendre que, malgré toutes les années écoulées, encore aujourd'hui, il la hait.

Sur fond de piano enfiévré, Il la confronte avec rage. Elle l'aimait, l'aimait tant. Ne voulait que Lui, disait-elle. Mensonges. Elle souhaitait ne rien changer, ne rien perdre. Rien quitter, rien tenter. Alors que Lui, Il était préparé à tout. Et à pire. Elle atterrissait dans ses bras, affamée de Lui, puis repartait se couler dans son autre vie. Se donnait avec frénésie pour se reprendre bientôt. Elle le suppliait de lui accorder un peu de temps. Il n'a pas pu. Ne pouvait pas. Il croyait avoir tout oublié, mais encore aujourd'hui... cette haine lancinante? Il ne savait pas.

Elle déplie ses membres fourbus. Et applaudit debout, alors qu'elle a peu vu et n'a rien compris. Les copines échangent les commentaires appropriés. Dans l'ensemble, un spectacle bien ficelé. Quelques réserves. Une soirée normale. Personne ne remarque qu'elle n'est que fractures et absence. En Elle, depuis trois heures, s'est joué et rejoué leur drame à Eux. À l'entracte, Elle a failli s'échapper pour aller vers Lui. Elle est sortie sur la place, histoire, a-t-elle expliqué, de se délasser un peu. Elle espérait. Ridicule!

Toutes trois, radieuses et élégantes, s'ébranlent au milieu du troupeau si policé. Oh! La parfaite façade, si lisse qu'elle en crierait.

Elle se secoue et salue des connaissances. On discute du fond, de la forme et de l'ensemble. Pures formalités. La foule des spectateurs se déverse au compte-gouttes par les sorties. Elle, elle voudrait s'arracher à la trop lente marée, tout bousculer. Galoper du côté de la salle de concert. C'est là qu'il a passé cette soirée empoisonnée, Elle peut en jurer. L'apercevoir, le rejoindre. Le coincer. Provoquer un esclandre, mais le forcer à parler et à l'écouter une seule fois avant plus rien, avant jamais plus...

Il se tient un peu en retrait, appuyé à une large colonne. Un bon moment qu'il y est. Il porte à ses lèvres une cigarette qu'il grille avec une extrême nonchalance. Image impassible de la plus pure décontraction. Tendu et incrédule pourtant. Comment peut-il? La décision Lui est venue à écouter l'intenable supplication d'un violoncelle en transe. C'était sa propre voix qu'il entendait. Autant profiter de ce moment pour se vider l'âme jusqu'au tréfonds. Une affaire à régler, a-t-il déclaré à son ami qui n'a pas eu l'air un instant surpris. Il vient d'apercevoir le rouge violent dont il la sait drapée. Et ce visage dont, il vient de l'apprendre, ses doigts n'oublieront jamais le modelé.

L'horizon semblait morne, pour ainsi dire dépeuplé, mais, brusquement, Elle l'aperçoit. Elle discerne le regard affûté qui l'a prise dans sa mire. Elle s'immobilise. Le fixe sans sourire. La voilà qui se met à trembler. Le temps s'étire et ses amies la houspillent. C'est qu'elle est bizarre, ce soir, non? Tellement qu'elle les supplie de la laisser, sans presque le quitter des yeux. Terrifiée de le voir disparaître. De le rêver éveillée. Elle ne peut qu'attendre qu'il bouge le premier vers elle.

Il a jeté sa cigarette à ses pieds. Un couloir de lumière. Dans un parfait ralenti, ils risquent quelques pas. Comme aimantée, Elle n'a pas vraiment conscience du mouvement de ses jambes. Lui, il allonge sa foulée. Assez! En finir! La briser ou se rendre! Sans réfléchir, Il écarte les bras et tend vers elle ses deux mains nues.

Au milieu de la place, des petits groupes joyeux se sont formés. On s'attarde un peu avant d'aller prendre un verre, avaler une bouchée, ou avant de rentrer. Elles sont trois à lentement se diriger vers l'extérieur. L'une d'elles, très enjouée, fouille fiévreusement, mais mine de rien, coins et recoins. Sa quête restera vaine et Elle le sait. La pièce n'en finissait plus et le concert est terminé depuis un bon moment. Bientôt la place ne sera plus que lieu de passage, presque déserté. En Elle aussi s'organise un impraticable désert. C'est là qu'il a choisi de la laisser. Elle voudrait s'arracher au souvenir, à l'espérance trop têtue, trouver un espace sans mémoire, se calmer. Et renoncer.

À l'entracte, il a prétexté un violent mal de tête, une indigestion peut-être, et s'est éclipsé. Il est passé trois fois devant la salle de théâtre. Furieux de sa faiblesse, mais agité d'un mince espoir. Caressé, repoussé. La voir surgir peut-être. Il a contemplé la vacuité, le silence, l'incongruité. Il a enfoncé ses deux mains vides dans ses poches et, à pas lents, s'est dirigé vers la sortie.

DANIELLE ROY

NOTICE BIOGRAPHIQUE

Danielle Roy est née à Montréal le 21 décembre 1945.

Après des études très classiques, avec une spécialisation en littérature et en psychologie, elle décide de s'inscrire au Conservatoire d'art dramatique de Montréal. Elle exerce le métier de comédienne, tant à la télévision qu'au théâtre, tout en écrivant.

En 1993, elle signe un récit historique intitulé *Les Déshonorables ou les Dessous de l'affaire Munsinger*, aux Éditions JCL. En 1996, *Un cœur farouche*, chez VLB Éditeur, lui vaut le prix Robert-Cliche.

Elle s'offre à l'été 1999, une saison de théâtre estival au théâtre Pont-Château, dans la pièce *Le Paradis à la fin de vos jours*, de Jean Daigle, avec le regretté Yvan Canuel.

Danielle Roy travaille actuellement sur plusieurs projets d'écriture, dont deux romans.

Premier titre publié par Québec Loisirs :
Un cœur farouche
Quatrième trimestre 1998

PHOTO : Sylvain Lafleur

Mademoiselle Marguerite

Louise Tremblay-D'Essiambre

Note de l'auteur :

Lorsque je prends l'autobus, il m'arrive de croiser de ces demoiselles venues tout droit d'une autre époque. Dignes, irréprochables, parfois voûtées. Souriantes et timides, ou rêches et sévères. Chapeaux, gants et voilette. Sacs à main au cuir usé pressés contre la poitrine. Avançant toujours à petits pas. Rapides ou traînants. Odeur de roses et de pain chaud, de violette et de soupe aux choux. Parfois de camphre et de liniment. J'ai eu envie de les suivre. Voici ce qu'elles m'ont raconté...

Mademoiselle Marguerite avait repris ses habitudes de célibataire dès le décès de monsieur Théodore. Sans brusquerie, comme allant de soi, parce que restées en latence en marge du quotidien.

Terres de jachère longtemps abandonnées, elle rentrait enfin chez elle.

Sur le coup de seize heures, sans exception, depuis un an, mademoiselle Marguerite préparait la battue d'œufs et de lait, infusait le thé.

Une odeur sucrée remplissait ensuite l'appartement d'un confort délectable.

Pain doré à la cannelle. Goût d'enfance, de souvenir, de tendresse. Goût de libération.

Parce que monsieur Théodore, lui, ne tolérait ni le goût ni la senteur de la cannelle.

— Je suis allergique.

Monsieur Théodore était allergique à tout ce qui ne lui convenait pas. Peut-être aussi à mademoiselle Marguerite. Allez donc savoir! Mais il était trop tard pour le demander. Monsieur Théodore était décédé au printemps dernier. Paix à son âme.

Il était sorti de sa vie comme il y était entré : sans crier gare, tout d'un coup. Il n'était pas là et il était omniprésent. Il était omniprésent et il n'était plus là. C'était bien lui, ça. Arriver à l'improviste, repartir sans raison. Et s'imposer entre les deux. Comme le bon inspecteur d'école qu'il était!

Monsieur Théodore avait aussi un sens théâtral fort développé. Quand on est inspecteur, cela va de soi. Grandiloquence, autorité, manières exagérées... Il s'était donc offert une sortie de scène appropriée. La grande révérence devant son fidèle public. Chez l'apothicaire, en pleine heure d'affluence. Tout d'un coup, comme le reste, sans prévenir. Il faisait la file et vlan! plus de monsieur Théodore. Il était parti, comme ça. Sans avertissement. Dérangeant quand même un peu, ce qui était normal pour quelqu'un qui s'appelait Théodore et qui était inspecteur d'école dans l'âme. Les inspecteurs, ça perturbe toujours la routine, c'est bien connu. Et cent kilos, même portés avec aisance, qui s'affaissent sur le sol, dans une file d'attente, entre deux vieilles filles, ça gêne un brin. On a raconté à mademoiselle Marguerite que l'apothicaire était dans tous ses états. Un fragile assemblage d'os pointus et de peau plissée ne sont pas d'un grand secours devant une pièce d'homme comme monsieur Théodore. Surtout un monsieur Théodore qui ne veut plus collaborer. On a donc appelé Urgences-Santé. Naturellement, on a aussi joint mademoiselle Marguerite. Pour l'identification obligatoire.

Ce fut la dernière fois qu'elle vit monsieur Théodore en personne. Si on peut l'exprimer ainsi. Sur une civière, dans un tiroir, à la morgue. Dieu ait son âme. Sans hésiter, elle avait choisi une veillée du corps dans la plus grande simplicité. Un seul soir. Pour les convenances. Et le cercueil serait fermé. Point à la ligne et pas de discussion. Elle n'avait surtout pas le temps de discuter. Il était presque seize heures et mademoiselle Marguerite avait un rendez-vous capital. Elle était donc rentrée chez elle de son petit pas pressé. Elle venait de décréter que l'heure du pain doré à la cannelle reprenait ses lettres de noblesse. La trahison avait suffisamment duré.

Elle jeta son manteau sur le dossier d'une chaise – quel délice! –, hésita, tendit l'oreille par habitude, dessina un sourire. C'était bien vrai! Plus personne pour reprocher, pour ordonner, pour critiquer... Que le tic-tac de l'horloge qui approuvait paisiblement. Elle allait enfin pouvoir perdre son temps en paix. Et déguster son pain doré sans remords.

Mais avant...

Sans hésiter, mademoiselle Marguerite trottina jusqu'à la salle de bains, ouvrit l'armoire à pharmacie puis haussa les sourcils de découragement. Pauvre monsieur Théodore! Des tas de petites bouteilles s'alignaient militairement. Des capsules, des dragées, des onguents, des pastilles, des comprimés, des élixirs, des baumes... Mais ce n'était pas ce qu'elle cherchait. Où donc se cachait-elle? Mademoiselle fourragea un moment sur la tablette du haut, déplaça une bouteille, retira un tube puis poussa un soupir de soulagement. La voilà! D'une main leste elle l'attrapa, fila jusqu'à la cuisine et ouvrit l'eau du robinet. Puis elle décapsula la fiole et, avec un plaisir indicible, elle en versa le contenu dans le tuyau de renvoi.

Potion maudite qui avait empoisonné sa vie! Elle rinça la bouteille à trois reprises avant de la jeter à la poubelle.

Et maintenant, le pain doré!

Jamais pain doré à la cannelle ne fut si fondant! Ni si réconfortant...

Elle s'était amusée un moment à imaginer monsieur Théodore s'étalant de tout son long entre les rasoirs bon marché et les rouleaux de bonbons à la menthe. Ou était-ce entre les revues de décoration et les tablettes de chocolat? Probablement la cravate et le veston à carreaux tout de travers. On ne tombe pas sans préambule sans se retrouver tout croche. Lui si digne!

Une main pudique devant la bouche, mademoiselle Marguerite avait eu un petit sourire.

S'il est vrai qu'un long couloir existe entre ici-bas et l'au-delà et qu'il arrive qu'on ait le temps de jeter un dernier coup d'œil par-dessus l'épaule, monsieur Théodore avait dû en faire une syncope. Lui qui ne tolérait pas un seul cheveu retroussé, comment accepter d'être si mal venu? Alors s'il n'était pas tout à fait décédé, l'humiliation avait terminé le travail. Il s'était probablement enfui, les jambes pendues à son cou. Mademoiselle Marguerite en était convaincue.

Le sourire s'était alors légèrement accentué. L'image d'un monsieur Théodore tout nu, bedonnant et un peu flasque courant à toutes jambes était trop réjouissante. Alors elle avait croqué une énorme bouchée de pain tout chaud et s'était attardée au plaisir sucré contre son palais.

Puis elle avait repris une attitude de circonstances. Tout de même. Elle était veuve depuis trois heures à peine.

Elle avait même poussé la mansuétude à essayer d'être honnête. Parce que mademoiselle Marguerite était une femme respectueuse des convenances, fidèle depuis sa tendre enfance aux règles du savoir-vivre. Et monsieur Théodore avait été son mari pendant quarante ans.

Quarante ans! On ne rit plus...

Elle accepta donc de voir le dernier salut de monsieur Théodore comme une politesse de bon aloi. Une délicatesse qu'elle n'espérait pas si tôt. La seule qu'il ait eue à son égard. Encore aujourd'hui, elle lui en sait gré. Avouons-le : mademoiselle Marguerite aurait été plus qu'embêtée si son mari lui avait joué le tour d'une telle mise en scène dans leur salon ou, pire, dans son bain. Alors que chez l'apothicaire... La loi des probabilités avait joué en sa faveur. Dieu merci! Car il était raisonnable de penser que cela se passerait dans la boutique de la rue voisine. Monsieur Théodore, depuis la retraite, égrenait au moins autant d'heures chez l'apothicaire qu'il en consacrait à son journal, à son dictionnaire médical et à ses statistiques sportives, gardant les miettes qui lui restaient pour surveiller et critiquer mademoiselle Marguerite, l'inspecteur à la retraite s'ennuyant prodigieusement de la prestance attachée à son rôle.

Heureusement pour mademoiselle Marguerite, l'hypocondrie

de monsieur Théodore avait eu une subite recrudescence au moment de la retraite, lui laissant quotidiennement un peu de temps pour respirer.

Car, au moindre symptôme d'un quelconque malaise, monsieur Théodore consultait. Et ils étaient nombreux, ses malaises vrais et faux! Une toux suspecte, une crampe douteuse, une laryngite soupçonnée, une phlébite anticipée, un cancer évident... Par contre, il ne voyait jamais le médecin, monsieur Théodore. Absolument jamais.

— Et si le praticien découvrait autre chose qu'on ne soupçonne pas? Quel risque à courir! À notre âge, mademoiselle Marguerite, il vaut mieux être circonspect en tout et ne pas trop se fier à tous ces jeunots qui se prétendent médecins.

Mais une journée sans questionner l'apothicaire était une journée gâchée. Irrémédiablement.

C'est d'ailleurs l'une de ces toux suspectes qui avait servi de préambule aux fréquentations, brèves mais assidues, entre mademoiselle Marguerite et monsieur Théodore. Elle était enseignante à l'école du quartier – d'où le nom de mademoiselle Marguerite qui l'a suivie jusqu'à ce jour et que monsieur Théodore s'entêtait à employer de préférence à tout autre – et lui entamait sa tournée annuelle. C'était un assez bel homme, dans la force de l'âge, à la moustache bien cirée, aux cheveux gominés comme ils se devaient de l'être à l'époque. Il avait le propos sage, qu'il déclamait d'une voix grave tellement séduisante. Et si les élèves étaient nerveux, cœur battant et mains moites, le craignant tant pour sa sévérité proverbiale que pour la précarité de leur savoir, les enseignantes l'étaient tout autant. Mais pour une tout autre raison.

Monsieur Théodore était toujours célibataire.

Cette année-là, donc, il était entré dans la classe de mademoiselle Marguerite, un mouchoir amidonné à la bouche.

— Pour éviter la propagation des microbes, avait-il déclaré à voix basse, passant tout de même devant elle mais conservant une distance respectable, vu les microbes qui sont enclins, de par leur nature justement, à sauter sur toute âme qui vive... La grippe est mauvaise, cet automne, mademoiselle Marguerite. Très mauvaise.

Un raclement de gorge avait confirmé le tout.

Puis, il avait pris place sur l'estrade pour le bombardement en règle des trente têtes, pour une fois bien coiffées, qui levaient un regard craintif dans sa direction.

Tout au long de l'interrogatoire serré, mademoiselle Marguerite s'était tenue discrètement dans un coin arrière de la classe, comme le veut la tradition, triturant nerveusement la manchette blanche de sa stricte robe noire à col montant. Mais cette année-là, ce n'étaient pas les réponses de ses élèves qui l'inquiétaient. Elle les écoutait à peine. Ils étaient bien préparés. Leurs interventions récitées d'une voix sûre et claire le prouvaient. Non, cette fois-ci, c'était la toux de monsieur Théodore qui la préoccupait, à un point tel qu'elle repassait mentalement la liste succincte des ingrédients d'un élixir concocté depuis des lunes par les femmes de sa famille. L'origine en remontait à l'aube des temps. Et chaque automne, religieusement, comme sa mère et sa grand-mère l'avaient fait avant elle, mademoiselle Marguerite entreprenait son pèlerinage sur le mont Royal, recueillant précieusement une fiole de gomme de sapin. Un peu de miel, ou à défaut un peu de sucre, une larme d'alcool, de l'eau... À ce jour, aucune toux n'avait résisté à cette potion. Mais comment attirer l'attention d'un inspecteur d'école qui s'aperçoit à peine que vous existez? Comment oser croire qu'un homme tel que lui, érudit et cultivé, puisse se fier à un remède de bonne femme? Même s'il avait fait ses preuves!

Une toux plus violente que les autres avait précipité la décision.

Un mois plus tard, miraculeusement remis de sa vilaine grippe, monsieur Théodore avait demandé la main de mademoiselle Marguerite. À la Mère directrice, à défaut de parents à ce moment-là décédés. Pour monsieur Théodore, hebdomadairement enclin à diverses maladies – que voulez-vous, la nature s'est montrée avare envers lui –, une femme qui connaissait les hommes et leurs malaises et savait les guérir aussi facilement avait tout ce qu'il faut pour plaire. L'envie un peu jaunâtre aperçue dans le regard de ses consœurs avait suffi pour que mademoiselle Marguerite acquiesce en rougissant sans se poser autrement de questions. Désormais, on allait l'appeler madame Théodore... Elle allait se démarquer du troupeau des enseignantes du collège. Madame! Le mot lui coulait dans la gorge comme une cuillerée de miel... Elle venait d'avoir trente-huit ans, cette perspective l'attirait donc irrésistiblement.

Malheureusement, il n'y eut de madame Théodore que le temps d'un bref voyage de noces, frileusement subi au Chantecler, dans les Laurentides. Tout juste une nuit pour comprendre que son inspecteur de mari l'était jusque dans le lit, bref, cassant et autoritaire, en même temps que mademoiselle Marguerite comprenait qu'elle n'avait pas l'âme d'une épouse attentionnée. De retour à la maison, madame Théodore redevint mademoiselle Marguerite, pain doré en moins, monsieur Théodore y étant allergique. Et de maîtresse d'école par vocation, mademoiselle Marguerite dut se transformer en infirmière par devoir deux à trois fois par semaine. Sa nouvelle profession l'attendait embusquée derrière les fourneaux. Monsieur Théodore eut tôt fait de la récupérer d'un simple éternuement.

— J'ai dû prendre froid dans cet hôtel. Nous ne devrions jamais voyager, mademoiselle Marguerite. Trop de gens ignorent les règles simples de la plus élémentaire hygiène. Est-ce que vous me feriez couler un bain chaud, ma mère disait que c'était souverain pour casser une grippe... En vous remerciant, mademoiselle Marguerite.

Mademoiselle Marguerite! Elle avait levé les yeux au ciel et prié sa pauvre mère décédée de la soutenir. On était encore à une époque où les liens sacrés du mariage l'étaient pour la vie.

— Mademoiselle Marguerite! Le bain n'est pas assez chaud... Et je prendrais bien un lait au miel. Avez-vous pensé à chauffer les couvertures du lit, mademoiselle Marguerite? Il me semble qu'une poussée d'arthrite pointe le nez...

Mademoiselle Marguerite par-ci, mademoiselle Marguerite par-là.

Alors tant qu'à s'appeler encore mademoiselle Marguerite, autant le rester. Elle avait donc continué à enseigner, les heures passées à l'école permettant de supporter tout le reste. Jusqu'au jour où le gouvernement, par une adroite circonvolution de l'esprit, avait évincé de leur couvent les bonnes sœurs, aujourd'hui décimées par l'âge et les mœurs nouvelles. Ce n'était plus humiliant d'être vieille fille. On disait maintenant célibataire. Alors on n'entrait plus en religion. La relève se faisait rare et on manquait d'effectifs. Mademoiselle Marguerite se souvenait de ce jour-là. Ce fut celui du regret à l'état primaire. Si elle avait été religieuse, et Dieu lui est témoin qu'elle aurait dû l'être, elle, mademoiselle Marguerite, aurait su tenir tête à ce Jean Lesage. Mais bon... Elle n'était qu'une demoiselle Marguerite mariée à un monsieur Théodore, ça ne voulait rien dire pour ces fonctionnaires du gouvernement. Elle avait donc pris une retraite anticipée et s'était inscrite, en accord avec monsieur Théodore, aux Dames patronnesses, aux Filles d'Isabelle et aux Bonnes dames de Sainte-Anne.

— Si vous ne négligez en rien notre humble logis et que le souper est prêt à l'heure, je ne vois aucun inconvénient à ce que vous occupiez votre temps aux bonnes œuvres, mademoiselle Marguerite. Nous n'en obtiendrons que plus d'indulgences...

Même à la retraite, l'inspecteur veillait au grain. Il profitait toujours du travail des autres à l'édification de son autel personnel !

Mademoiselle Marguerite avait eu un soupir discret puis un haussement d'épaules imperceptible. Que le diable l'emporte, lui, ses bobos, ses pompes et ses œuvres !

Mademoiselle Marguerite avait cinquante-cinq ans et les journées passèrent alors entre monsieur Théodore et ses malaises et quelques consœurs qu'elle retrouva avec plaisir, conservant ses appels au diable pour le soir et le matin quand elle ne pouvait décemment éviter monsieur Théodore. « Qu'il aille au diable » ou « Que le diable l'emporte » devinrent ses expressions préférées. Des incantations qu'elle formulait après sa prière du matin et avant celle du soir.

Probablement harassé de s'entendre interpellé à tout propos, le diable l'avait enfin écoutée. À moins que ce ne soit le bon Dieu qui avait décidé de sauver son âme.

Mais peu importe...

Bien inspiré, par Dieu ou par le diable, monsieur Théodore avait eu la préséance de tirer sa révérence avant qu'il ne soit trop tard. Mademoiselle Marguerite allait avoir le temps de redevenir mademoiselle Marguerite pour de bon. Une prière de gratitude avait souligné ce départ précipité, un peu par crainte, espérant sincèrement que c'était le bon Dieu qui avait eu le dernier mot à dire.

On avait joyeusement jeté le pain de grains aux oiseaux et acheté une fesse toute blanche et moelleuse, de ce nouveau sucre à la cannelle qui sent si bon et une douzaine d'œufs tout frais. On avait aussi caché le réveille-matin au fond du placard.

— L'avenir appartient à ceux qui se lèvent tôt, mademoiselle Marguerite. Même le samedi! lui avait déjà dit monsieur Théodore.

Mais à soixante-dix-huit ans, veuve de son état, mademoiselle Marguerite avait jugé que son avenir était loin derrière elle. Et elle s'était inscrite au Bingo... avant d'entreprendre un deuil que les bonnes manières imposaient. Toujours ces fichues convenances. Six mois de noir, six mois de gris, tout comme sa mère l'avait fait au décès de son père. Jamais un bijou. Jamais un sourire. Et parfois même une tristesse dans l'œil.

— Le pauvre homme. Partir si vite...

Les connaissances de mademoiselle Marguerite en matière de deuil s'arrêtaient là. De toute façon, elle estimait que c'était largement suffisant pour respecter la mémoire d'un monsieur Théodore qui n'avait jamais respecté que lui-même.

Et ce matin, voilà que cela faisait un an, jour pour jour, que monsieur Théodore n'était plus.

Pour une dernière fois, paix à son âme et merci Seigneur.

Le deuil était enfin terminé.

Au réveil, mademoiselle Marguerite a eu un sourire. Puis elle a sorti sa robe violette et son collier de perles. Ce soir, il y aura Bingo au sous-sol de l'église. Ce soir, avec un peu de chance, il y aura aussi ce gentil monsieur à la cravate grise, régulièrement assis à la table voisine. Ce gentil monsieur qui a une douceur dans le regard. Une douceur qu'elle n'avait jamais rencontrée avant dans le regard d'un homme. Il lui sourit chaque fois qu'elle se rend au Bingo. Et même pour une mademoiselle Marguerite échaudée par une vie maritale décevante, le cœur a ses raisons que la raison ignore!

Mademoiselle Marguerite s'était donc faite belle, s'autorisant même à mettre un peu de rouge sur ses lèvres.

Le deuil était vraiment terminé.

Après le pain doré à la cannelle, elle s'était rendue immédiatement au sous-sol de l'église. Ce soir, c'était au tour des Dames de Sainte-Anne de préparer la salle. Le prétexte la servait à merveille. Elle est nerveuse comme une adolescente. Elle avait donc trottiné jusqu'à l'église en pensant au sourire du gentil monsieur à la cravate grise.

Le rouge aux lèvres de mademoiselle Marguerite fit monter le rouge aux joues du gentil monsieur. Dilemme et torture... C'est qu'elle était très jolie avec sa robe de couleur! Il s'était finalement enhardi à se diriger vers la même table qu'elle. Sourire timide, hésitation, puis un virulent éternuement.

— Vous permettez?

Mademoiselle Marguerite avait levé un sourcil circonspect. Atchoum? Mais politesse oblige, elle avait tout de même fait un léger sourire.

— Je vous en prie.

Chaise que l'on tire, jetons en belles piles bien droites. Atchoum! Puis on s'était tiré à l'eau.

— J'ai remarqué que vous étiez une assidue du Bingo du samedi soir.

Quelle audace!

— Tout comme vous.
— C'est vrai.

Discret soupir de soulagement. Atchoum! On avait donc remarqué. Tant mieux.

— B 6.

Suivi de G 54... Une heure de regards en coin, de sourires polis et d'éternuements réguliers. « Tiens, la cravate est bleue, ce soir. » Tout comme sa robe était violette.
Et la douceur du regard atténuait l'agression des éternuements. Puis ce fut la pause.

— Vous prendriez un café?
— Plutôt un thé, je vous prie.

Deux boissons fumantes entre deux personnes sensiblement du même âge, ça concède une certaine liberté, non? Alors on avait osé.

— Je me présente. Théodule Breton. Et sans indiscrétion, puis-je savoir votre nom?

Théodule? Une vive inquiétude avait aussitôt traversé le regard de mademoiselle Marguerite. Et le sourire de son charmant voisin s'était curieusement estompé dans la brume opaque de son nom. Suivi d'un triple éternuement. Atchoum, atchoum, atchoum!
Alors Théodule devint une certitude. Aussi brève que convaincante.
Le cœur venait de retrouver toute sa raison.

Décidément, Théodule sonnait étrangement à ses oreilles. Atchoum!

— Je m'excuse, mais chaque printemps j'ai ce même rhume qui m'agresse.

Atchoum! Pauvre homme, il faisait pitié à voir. Mais le cœur de mademoiselle Marguerite était brusquement aussi dur et insensible que la pierre.

Sans l'ombre d'un doute, Théodule ça ressemble à Théodore. Vous ne trouvez pas? Et même à tous les Théodore de cette terre. Comme le disait si bien sa mère, un homme restera toujours un homme, douceur dans l'œil ou pas. Alors mademoiselle Marguerite s'était relevée. Soulagée. « Merci maman! » Par contre, politesse oblige, elle avait tendu la main. Mais une main plus que distraite.

— Marguerite. Je m'appelle mademoiselle Marguerite, monsieur Théodule. Enchantée. Mais veuillez m'excuser, on m'attend là-bas. On se reverra peut-être plus tard?

Puis elle avait disparu en direction du vestiaire. Théodule! Non mais vraiment...

Un atchoum! plus énergique la rejoignit sur le seuil de la porte et la fit se précipiter à l'extérieur.

De son pas trotte-menu, elle revint chez elle comme si elle avait le diable à ses trousses...

Sait-on jamais...

L'odeur de cannelle qui imprégnait tous les coins et recoins de son logis était réconfortante comme la caresse d'une mère.

Aujourd'hui, très précisément, ça faisait un an que monsieur Théodore était décédé. On n'allait quand même pas le remplacer par un Théodule!

Quelle drôle d'idée elle avait eue!

Pour célébrer ou l'événement ou la décision, mademoiselle Marguerite allait permettre une entorse à la routine. Elle allait refaire du pain doré à la cannelle. Même s'il était largement dépassé seize heures. Une fois n'est pas coutume.

C'est en se régalant qu'elle repensa au gentil monsieur avec son gentil sourire. Elle n'avait pas été très avenante, elle si respectueuse des convenances. Mais allez donc savoir ce qui se cache derrière tout ça!

— À notre âge, mademoiselle Marguerite, il vaut mieux être circonspect en tout, lui aurait dit monsieur Théodore.

Il ne croyait pas si bien dire. Parce que, à y regarder de près, monsieur Théodore, même s'il n'était pas du tout le monsieur Théodore qu'elle croyait, il lui arrivait parfois d'avoir raison. Alors...

Bouchée de pain doré, gorgée de thé, les yeux mi-clos.

Alors? Mademoiselle Marguerite eut une moue de déception. C'est qu'elle aimait bien le Bingo. Elle haussa les épaules avec résignation.

Bouchée de pain doré, gorgée de thé, les yeux mi-clos.

Puis elle sourit avec désinvolture. Alors?

Alors on écartera le Bingo au profit des marchés aux puces. Voilà tout! Ça faisait quarante ans qu'elle rêvait d'y aller, alors que monsieur Théodore jugeait que c'était là perte de temps.

Autre bouchée fondante au goût de douce vengeance.

Et n'aurait-elle pas, par le plus grand des hasards, quelques bouteilles anciennes, fioles et contenants qui pourraient faire les délices de collectionneurs d'antiquités? Et ce vieux chapeau et cette redingote? Et pourquoi pas ces vieilles bottines montantes et ce pantalon rayé? Et peut-être aussi cette épingle à cravate démodée et tous ces mouchoirs de lin fin qu'elle lavait avec dégoût. Et ces vieilles cravates sombres et...

La liste était sans fin...

Car, finalement, à bien y penser, mademoiselle Marguerite elle était née, mademoiselle Marguerite on avait décidé qu'elle vivrait, alors, mademoiselle Marguerite elle restera!

LOUISE TREMBLAY-
D'ESSIAMBRE

NOTICE BIOGRAPHIQUE

Née à Québec en 1953, Louise Tremblay-D'Essiambre vit une enfance paisible, entourée de ses parents et de sa jeune sœur à Sainte-Foy, en banlieue de Québec. Elle y poursuit des études et, déjà à cet âge, elle a un goût marqué pour la lecture. Le mariage et la venue de huit enfants viendront mettre un terme à ses études, mais elle réserve tout de même une place de choix à la lecture et à l'écriture. Sa famille étant maintenant élevée, elle peut se consacrer entièrement au plaisir de l'écriture.

Elle nous offre, au printemps 1994, *Entre l'eau douce et la mer*, un roman qui témoigne d'un réel talent. À l'automne de la même année, elle récidive en nous présentant *La Fille de Joseph*, une réédition du livre *Le Tournesol*, publié en 1984. Un minutieux travail de réécriture en a fait un tout nouveau roman. C'est en 1995 qu'elle nous livre le premier tome des *Années du silence*, *La Tourmente*, suivi très rapidement du second tome, *La Délivrance*. Puis paraissent *L'Infiltrateur* (1996*)*, *Queen size* (1997) et, en octobre 1998, *Boomerang* (la suite de *L'Infiltrateur*) et le troisième tome des *Années du silence*, *La Sérénité*. C'est en octobre 1999 que paraît *Au-delà des mots*, un roman autobiographique. Enfin, le tome IV de la saga *Les Années du silence*, *La Destinée*, est prévu pour l'automne 2000.

Son style intense et sensible, sa polyvalence, sa grande curiosité et son amour du monde qui l'entoure font de Louise Tremblay-D'Essiambre l'auteure préférée d'un nombre sans cesse croissant de lecteurs.

Premier titre publié par Québec Loisirs :
Les Années du silence t. I
Quatrième trimestre 1996

PHOTO : Photo Kana

Un moment fragile

Pierre Turgeon

Josiane Comeau a la conviction que, ce samedi de juin, elle s'était retrouvée au paradis terrestre. Que s'était-il donc passé d'extraordinaire? Justement, rien. Ni anniversaire, ni fête civile ou religieuse, ni billet gagnant à la loterie. Pas plus que de révélation mystique ou poétique. De petits nuages blancs et dodus voilaient le soleil, mais la pluie ne menaçait pas. Une brise tiède soufflait sur le jardin terrassé avec des murets de briques, le temps d'imprégner le patio du parfum des fleurs des pommiers et des pêchers. Le mont Saint-Hilaire, dieu au crâne de granit, semblait observer avec les orbites vides de ses cavernes les gratte-ciel de Montréal, tout juste visibles sur la ligne d'horizon.

Des érables bordaient l'impasse escarpée qui menait chez elle et, à chaque coup de vent, ils prenaient la couleur de l'étain. La maison canadienne haussait les sourcils de ses deux lucarnes isocèles. Devant la façade de pierre, la pelouse jaunissait à mesure qu'elle se rapprochait de la falaise qu'endiamantait le soleil. Derrière, la famille de Josiane était assise dans des fauteuils de jardin disposés en un demi-cercle ouvert sur les vergers qui descendaient jusque dans la plaine, que des champs transformaient en échiquier aux cases vertes et ocre. Rien d'important ne se passait, mais cette absence d'événements produisait une surface calme où elle pouvait contempler l'image inaltérée des êtres qu'elle aimait.

Un coup de pistolet retentit au loin, annonçant le début des régates sur la rivière Richelieu, puis le rugissement des moteurs hors-bord. Chez les voisins, des enfants cueillaient des pommes mcIntosh en regardant les chevaux gambader dans la prairie à côté de la raffinerie de sucre. De cette usine abandonnée, jadis consacrée à la transformation de la betterave locale, ne restait qu'un mausolée de béton, visible à des kilomètres de distance dans la plaine montérégienne, juste à l'entrée du pont de Belœil, sur l'autoroute 20, vers Montréal. On avait découpé au chalumeau les lourdes machines qui rouillaient dans l'herbe folle pour les vendre à la ferraille et, pour extirper les pièces les plus gigantesques, il avait même fallu couper, à l'entrée de l'usine, les fils électriques qui passaient le long du chemin des Patriotes. Ces ruines plaisaient bien à la femme médecin, qui s'y promenait régulièrement avec son chien.

On parlait tranquillement de choses sans conséquence. Philippe, le mari de Josiane, disait qu'il faisait beau. Une chevelure de jais encadrait un visage fin et très pâle, où elle retrouvait encore sans peine les traits de l'étudiant dont elle était tombée amoureuse. Il portait d'ailleurs les mêmes éternels jeans et t-shirts noirs que quand elle l'avait rencontré au collège Sainte-Marie.

Le bonheur – qui semblait toujours lui échapper – se manifestait enfin dans une situation toute simple : goûter un peu de paix parmi les siens. Rien d'autre n'avait chassé l'homme de l'Éden que son propre aveuglement à reconnaître que le paradis était là, sous ses yeux, et qu'il lui suffisait de rester pour en goûter les délices inépuisables.

Claudia mangeait une mcIntosh cueillie dans un des pommiers nains plantés à leur arrivée ici, trois ans plus tôt. Elle croquait le fruit avec un tel calme, une telle confiance que toutes les angoisses de Josiane s'en trouvaient dissipées. De ses ancêtres maternels flamands, des Muller de la région de Bruges, elle avait hérité le mysticisme pratique qui leur avait permis d'ancrer dans la pierre leur délire gothique.

— Regarde, grand-papa, un méchant serpent! cria soudain Claudia.

La jeune fille montrait l'escalier qui descendait à la terrasse inférieure. Sur la première marche de pierre, brûlante, une familière spirale olivâtre se lova un peu plus sur elle-même.

— Non, c'est une couleuvre, répliqua Antoine Comeau, le grand-père, ravi de cette occasion de donner une leçon de sciences naturelles : il expliqua que la couleuvre ne possédait pas, sur la mâchoire supérieure, de crochets venimeux, mimant ceux-ci avec ses doigts.

Josiane avait décidé d'épargner les reptiles qui logeaient sous la remise à outils. Comme s'ils avaient compris l'amitié qu'elle leur portait, ils ne s'enfuyaient plus que très paresseusement à son arrivée.

— Et ça, qu'est-ce que c'est?

Claudia montrait un des faucons pèlerins nichant au flanc de la falaise, qui, en ce moment, dessinait des cercles vertigineux sous un cumulus. Répondre aux questions de sa petite-fille emplissait le grand-père de bonheur. Il vivait dans un univers enchanté où chaque être se présentait poliment en déclinant ses noms et qualités comme dans les dictionnaires visuels dont il tournait les pages lorsque Josiane, enfant, venait s'asseoir sur ses genoux.

Parce que le faucon est très farouche et ne se reproduit pas si on le cerne de trop près, on avait interdit aux promeneurs tout un secteur de la montagne. Soudain l'oiseau plongea et, une centaine de mètres plus bas, on vit une explosion de plumes : le rapace venait de capturer une proie.

Claudia lâcha un cri, puis versa des larmes d'indignation. À dix-sept ans, elle ne s'habituait pas plus à la cruauté du monde qu'à cinq ans, lorsqu'elle pleurait devant les malheurs télévisés de l'orpheline suisse Candie. Josiane voyait en elle un de ces anges qui hantent les tableaux de la Renaissance : la douceur de son sourire, sa longue chevelure ondulée et cuivrée, qui lui cachait en partie le visage et accentuait la fragilité de son cou ployé, évoquaient le monde invisible. Jusqu'à ses vêtements habituels qui étaient angéliques, ces chemises de nuit qui la cachaient entièrement sous une épaisse flanelle blanche.

Cet après-midi-là, l'ange était devenu un peu diablesse en mettant une robe courte et décolletée. Sans doute, pensa Josiane, parce qu'elle se croyait amoureuse d'un certain Conrad qu'elle désirait leur présenter ces jours-ci.

Le fumet d'un gigot d'agneau leur parvenait de la cuisine.

Josiane savait que jamais elle ne pourrait quitter les siens. Ses idées les plus noires, ses aventures les plus lointaines ne l'y amène-raient jamais. Elle appartenait plus à sa famille qu'à ses patients, qu'à elle-même.

Philippe s'approcha d'elle et lui annonça que le prochain week-end il faudrait nettoyer la piscine hors terre. À l'automne, on vidait la cuve métallique mais, pour l'empêcher de partir au vent, on devait lui laisser le tiers de son eau. De sorte qu'au début de l'été, comme maintenant, le bassin se transformait en ce ténébreux miroir de boue et de suie à la surface duquel surnageaient les feuilles et les insectes de l'année précédente. Il faudrait le travail d'une journée avec un puisard, un aspirateur, des filtres pour que peu à peu le fond de plastique bleu soit dégagé des scories. Josiane pourrait de nouveau apercevoir son reflet à la surface, ainsi que celui de Philippe et de leur enfant.

Philippe annonça qu'il allait ajouter des fines herbes au gigot et se dirigea vers la cuisine, sans oublier d'enlever à Josiane son pamplemousse vodka dont les glaçons presque entièrement fon-dus ne tintaient plus joyeusement contre le verre.

— Tu en veux un autre?

Distraitement, elle fit signe que oui.

Après le départ des siens de Saint-Gabriel-de-Valcartier, à ses huit ans, elle avait perdu la sensation de vivre dans un monde béni. De tous les arguments en faveur de l'athéisme, un seul la troublait : l'Univers serait trop grand pour qu'un seul dieu, une seule cons-cience, le domine et l'organise. Dans un monde de la grandeur de

Saint-Gabriel, elle croirait que des anges et la Sainte-Trinité elle-même la protégeaient du haut d'un nuage.

Malgré le chaos du vaste monde, elle se disait à l'instant qu'elle avait réussi à organiser son microcosme et celui des siens. Ce paradis résisterait à la folie qui soufflait et détruisait régulièrement des existences autour d'elle. À quarante-quatre ans, avec une certaine pratique du sens commun, elle croyait éclaircies ces zones d'ombre et de trouble par où l'anarchie vous rattrape de l'intérieur. Son mari, son enfant et ses amis lui paraissaient transparents, aussi étrangers qu'elle à la ruse et au mensonge.

Son mari lui apporta un second pamplemousse vodka. Elle le remercia d'un sourire. Elle ne voulait pas rompre le silence. Brusquement, il lui sembla qu'elle déposait une armure encombrante, qu'elle se fondait dans la chaleur de l'amour commun. À cet instant précis, elle aurait sans hésiter sacrifié sa vie pour sa famille. Cette sensation n'avait rien d'une extase mystique. Au contraire, elle la frappait par son caractère très ordinaire. Elle constituait sans doute le parfum d'une existence normale. Ce moment ne durerait pas plus longtemps que les glaçons dans son verre. En attendant, Josiane s'amusait à les faire tinter comme ces grelots avec lesquels, autrefois, on chassait les mauvais esprits.

Des heures passèrent. Sous sa robe de coton, elle ne portait rien et la sueur lui coulait entre les fesses. Elle attendait que le vent du soir montât jusqu'à elle depuis la plaine montérégienne. Philippe taillait ses rosiers, dont pas un ne survivrait à l'hiver, car il négligeait toujours de les couper au ras du tronc. Son beau-père était reparti à Montréal, amenant dans sa Lincoln Claudia, qui allait danser chez des amis.

Elle pensa à sa fille. Le boa de l'angoisse remontait le long de sa colonne vertébrale et lui chuchotait à l'intérieur de l'oreille : « Sais-tu, ma chère Josiane, où est ta fille? » Et comme elle ne pouvait pas répondre, il lui disait : « Sers-toi de ton imagination. » Josiane ne manquait pas de cette faculté qui lui permettait de remodeler la réalité, à l'aube, avant d'ouvrir les yeux, quand le monde devenait ductile dans la chaleur des draps. À présent, elle aurait préféré en être complètement privée.

Elle plongea les casseroles dans l'eau savonneuse qui exhalait une odeur synthétique de citron. Derrière la moustiquaire, au-dessus de l'évier, elle apercevait Montréal, qui sombrait dans le soir, se sauvait du naufrage des ténèbres en allumant ses gratte-ciel; le projecteur de la Place-Ville-Marie, qui tournoyait comme un grand moulin à vent lumineux sous les nuages rougis par le couchant; le mont Royal, qui étirait les pattes parmi les maisons éparpillées sur ses pentes; le Stade, qui, avec la toile tendue au bout de son mât recourbé, semblait sur le point d'appareiller à la verticale; le pont Jacques-Cartier, dont éternellement on réparait la chaussée, repeignait les traverses rouillées. Encore heureux qu'elle voyageât en sens contraire de la cohue, parce qu'elle travaillait la nuit, au siège social d'Urgences-Santé, à deux pas du square Saint-Louis.

Bientôt, son beau-père laisserait Claudia au coin d'une rue et elle se fondrait dans la foule, pareille à un morceau de sucre dans un café très amer. Plus tard, Josiane tenterait de deviner ce que sa fille avait fabriqué à travers les lettres et les journaux intimes qu'elle déchiffrait la nuit tandis que Claudia dormait. Philippe n'attachait aucune importance à ces griffonnages; l'explication de Claudia lui suffisait : elle avait commencé un roman. « Maman croit que j'ai vécu tout cela, mais je ne suis pas un de mes personnages. Toi qui es éditeur, papa, tu devrais lui expliquer. Et lui demander de ne pas fouiller dans mes papiers personnels. »

Le lendemain matin, le jardinier remit à Josiane un sac Glad dans lequel il avait enfermé une ruche en l'arrachant d'un coup sec de sous la toiture de la remise à outils. Là-dedans, ça grouillait de guêpes, mais il lui annonça qu'elles finiraient bientôt par mourir d'asphyxie. Josiane lui régla sa note. Une fois seule, au lieu de jeter le sac dans la poubelle placée au bord de la rue, elle approcha son oreille du plastique gonflé, résistant à la tentation de le percer avec l'ongle de l'index pour vérifier l'état de l'essaim pris au piège. Elle finit par déposer sur la pelouse le sac, qui, trop léger, roula vers la haie de cèdres. Était-ce le vent qui l'entraînait ainsi, et non plutôt les milliers d'ailes qui battaient en essayant de retrouver le soleil à jamais caché par la crypte de plastique vert?

PIERRE TURGEON

NOTICE BIOGRAPHIQUE

Pierre Turgeon exerce le métier d'éditeur depuis plus de trente ans (Éditions Quinze, Presses de l'Université de Montréal, Éditions du Jour, Éditions de l'Homme). Il a travaillé comme journaliste à Radio-Canada, à l'Office national du film et à *L'Actualité*. Il a également signé trois scénarios de longs métrages. Bien connu comme romancier et comme essayiste, il a remporté à deux reprises le prix du Gouverneur général, en 1980 pour *La Première Personne* et en 1992 pour *La Radissonie*. Depuis trois ans, il mène une lutte juridique pour la liberté d'expression et le droit de publier *P.-H. le Magnifique, l'Éminence grise de Duplessis*. Il vient de publier son treizième livre aux Éditions Flammarion Québec : *Jour de feu*.

Premier titre publié par Québec Loisirs :
Faire sa mort comme faire l'amour
Premier trimestre 1983

PHOTO : Jean-Marie Bioteau

La maison de la rue Longueuil

Marie-Paule Villeneuve

Le gros camion stationne devant la porte. On va me délester de tous ces meubles qui me rendent importante. « La rue Longueuil à Longueuil », dit un des déménageurs. « C'est comme madame Brossard de Brossard », ajoute un autre.

Je traduis. Ils parlent anglais. Depuis dix ans, mes murs ont résonné de ces deux langues. J'ai toujours aimé ce chevauchement de mots aux consonances différentes. Depuis peu, la répétition des déclinaisons latines est venue s'ajouter à mon univers. J'ai l'impression d'abriter deux pays et un empire dans mon espace réduit. Les déménageurs rient encore. Beau trio de ploucs. Ne savent pas qu'ils foulent les terres de l'ancienne baronnie de Longueuil. Il faut dire que les terres seigneuriales s'étendaient jusqu'à la rivière Richelieu. Ne savent pas non plus que c'est Marie-Charles Joseph Lemoine, seigneuresse de Longueuil, celle-là même qui a dû se battre pour son titre, qui a vendu ce terrain à Nicolas Patenaude père. Et que c'est Nicolas Patenaude fils qui en a hérité et qui m'a sans doute construite telle que je suis aujourd'hui. En fait, pas tout à fait. Les maisons modestes sont toujours plus dénaturées que les autres.

Les gars installent une plate-forme de métal au-dessus de mes marches. Je sens frémir mes assises. Pas conscients que je suis construite sur de la glaise. Ne savent pas qu'avant la canalisation du fleuve Saint-Laurent ma cave était inondée chaque année et que le sol demeure fragile.

« Quel âge elle a votre maison? » demande le plus grand des trois. « Environ cent quarante ans, je crois. Peut-être plus », répond celle qui me sert de mère.

Elle se trompe. Je suis plus jeune que cela. Depuis des années, on essaie de me donner une date de naissance. Entre 1861 et 1867, a avancé Michel à la Société d'histoire. Ils peuvent bien chercher. Je suis la seule à connaître l'année de ma construction et si les murs ont des oreilles, ils n'ont pas de bouche. C'est peut-être mieux ainsi. Cela m'a permis de garder pour moi tous les drames et les bonheurs qui ont peuplé ma vie. Je ne sers pas qu'à protéger mes habitants du froid et de la pluie. Je suis leur ange gardien.

« Votre mari n'est pas là? » demande le chef déménageur. « Non, il est à Paris », rétorque la femme. Elle se tourne vers sa fidèle assistante Liza. « Deux femmes et trois hommes, c'est bien assez pour déménager. »

La porte est ouverte, le vent de novembre s'infiltre dans mes entrailles. J'ai froid. Je regarde le jardin. Je m'ennuie de l'été. Les soupers dehors me manquent. Je me rappelle le premier été où cette famille m'a adoptée, en 1989. Un ouvrier avait complètement éventré ma cuisine, puis s'en était allé. Pendant deux mois, j'ai dû attendre qu'on remette le casse-tête en place. Presque tous les repas se prenaient dehors. Pas de cuisinière, pas de lave-vaisselle. Pas de tablettes d'armoire. Mais la vie continuait. J'ai rencontré du monde qui ne s'en fait avec rien, me suis-je dit. Je m'ennuierai de la petite Érica. Elle avait alors trois ans et mangeait du poulet « brûlé » avec ses doigts. Je savourais les odeurs de cuisson, mais la fumée me dérangeait un peu. Spécialement le jour où un ami, Jules, avait carbonisé toutes les saucisses sur le barbe-cue. Je me rappelle aussi cette grange qui occupait le fond de la cour. Après avoir tenté de la sauver, mes propriétaires ont dû se rendre à l'évidence. Elle était dangereuse et trop chère à restaurer. Un beau matin d'août 1994, la grue est arrivée et l'a descendue en criant lapin. Un spectacle assez terrifiant. J'ai eu des frissons à penser que cela aurait pu m'arriver comme à tant d'autres résiden-ces du vieux Longueuil. Toutes ces beautés construites au moment où la ville se bornait aux limites du fleuve et du chemin Chambly. Je suis la seule de ma rue à avoir résisté aux constructeurs fous, aux politiciens corrompus, aux incendies allumés la nuit pour raser jusqu'aux fondations les architectures qui ont fait l'histoire.

La veille, j'avais fait mes adieux à la grange. Mais il s'agissait d'adieux mesquins. Il y avait longtemps que cette bâtisse me faisait de l'ombre. J'avais besoin d'espace. Et le jardin qui lui a succédé m'a transformée. Cerisier, bouleau, cèdres, hortensias, fougères, jacinthes, tulipes, même des hibiscus, qui n'ont duré qu'une saison, sont venus s'ajouter au lis et aux immenses érables qui peuplaient modestement l'espace soudain devenu énorme à mes yeux.

« On commence par le piano », lança le chef de la *gang*. Pas le piano, l'âme d'une maison. Même si c'est la télévision qui occupait la place importante au salon, c'est au piano que j'étais le plus attachée. Quand on l'avait installé dans la chambre d'Érica, j'avais dit aux solives un peu fatiguées : « Il faut faire un effort, un piano, c'est important. » Et les solives avaient parlé aux poutres et toutes s'étaient redressées pour soutenir la culture. Rendu aux livres, ç'a été plus difficile. C'est par un ouvrier venu réparer les fondations de la cuisine que j'ai fait passer le message aux propriétaires, amateurs de livres lourds. Enfin, ils ont compris et ils ont envoyé des caisses de romans et d'essais à l'entrepôt. Ce n'est pas que je n'aime pas la littérature, mais je ne sais pas lire. Alors je préfère la musique.

Dehors, une légère pluie s'est mise à tomber. Les déménageurs décident de faire une pause. Le piano les a épuisés. Ils s'installent dans le camion avec leur tasse en carton de chez Dunkin' Donuts. Une voisine passe avec son chien. Elle habite l'immeuble à logements qui est juste à côté. Le lot 239. Moi, j'occupe le 238. Longtemps nous avons vécu en couple. Deux cottages familiaux de dimensions semblables avec leurs dépendances. Tout à coup, ma voisine a disparu et ce que j'appelle le monstre de 1969 est arrivé dans le paysage comme un chien dans un jeu de quilles. Un carré de béton à trois étages a pris toute la place, me privant du soleil et de la vue que j'avais sur la rue Saint-Jean, ma voisine.

Je ne peux pas y échapper. Lorsque je regarde sur le côté droit, je vois ce mur gris. Lorsque je regarde à gauche, je vois un autre immeuble en brique, plus élégant mais mal entretenu. Quand je regarde derrière le monstre de 1969, c'est un stationnement en asphalte qui me renvoie sa sombre image. Pas de fleurs, pas de gazon. Des balcons minuscules sans chaises berçantes et où on ne voit presque jamais personne. Sauf le petit vieux du deuxième, qui fait des mots croisés et qui vous regarde comme si vous étiez un extraterrestre quand vous lui dites bonjour. Les habitants adoptent-ils l'humeur de leur maison?

La pluie a cessé. Deux des déménageurs en profitent pour vider la remise. Petite maison que j'ai adoptée après la mort de la grange. Bâtie à mon image : clins d'aluminium blanc, toiture de bardeaux bruns, même une petite baie vitrée comme celle qui orne ma cuisine depuis une vingtaine d'années. À la même époque justement où on a recouvert mes vieux murs de papier brique avec de l'aluminium. Au cours des années, j'ai été transformée tellement de fois que j'ai peine à me souvenir de mes divisions originales. Il faut dire qu'il y en avait peu au début. Une grande pièce qui donnait sur l'avant de la maison et où dormaient, il me semble, Nicolas Patenaude fils et Mathilde Buteau, sa femme. C'est aussi dans cette pièce qu'on mangeait et qu'on cuisinait sur le gros poêle à deux ponts. Les enfants se partageaient le grenier.

À un moment donné, on y a ajouté une cuisine d'été qu'on avait dotée d'un autre poêle et qui servait de remise en hiver. Évidemment, il n'y avait ni toilettes ni eau courante. On s'alimentait à la citerne du village, avant qu'on installe une pompe à eau. Quel événement que cette pompe qu'il suffisait d'actionner pour en faire sortir de l'eau fraîche! Pour se soulager, les résidants devaient se rendre à la fosse d'aisance, juste à côté de la grange. L'hiver, il y avait toujours le pot de chambre. Évidemment ça puait, mais j'ai l'impression que je n'étais pas aussi sensible aux odeurs à cette époque.

« O.K., les gars, c'est l'heure du frigo. »

C'est maintenant au tour de la cuisine de se vider. Le salon, avec ses teintes de bleu et de rose saumon, laisse déjà voir ses imperfections. Le trou du câble ici, celui du téléphone là, un bout de moulure manquant derrière le divan. Près de la porte d'entrée, là où était l'horloge, une fissure mal réparée après la visite de voleurs. À l'aide d'un pied-de-biche, les brigands avaient arraché mon cadrage et mis à nu mes secrets de construction les plus intimes. Mes propriétaires m'avaient aveuglée pendant des heures avec une lampe de poche pour voir ce qui se cachait derrière mon revêtement d'aluminium. Pas grand-chose, en fait. Une fluette charpente de bois, de minces lattes qui retenaient encore un peu la sciure de bois qui me servait à l'époque d'isolant. Et pourtant je résiste depuis plus d'un siècle. Le lit et l'armoire de pin viennent de descendre. Il reste les deux bureaux de travail. Celui de l'homme, que j'avais du mal à supporter tant il était encombré, et celui de la femme, presque vide, trop organisé, sauf quand elle écrivait. Alors, ça devenait complètement bordélique. Dire que j'ai vu dormir, vomir et mourir au moins une dizaine de personnes dans ce grenier devenu l'étage maintenant. Certains appellent même cela un loft. Et pourtant, cette petite famille de trois se trouvait à l'étroit.

« Ça y est, lance le chef déménageur, tout y est. » La femme jette un dernier regard. « Il y a encore tant à faire. On va terminer cela avec la voiture cette semaine. »

Dernière offense, elle baisse la température à dix degrés. Encore une fois abandonnée. À chaque déménagement, je me sens nulle et non avenue. Je me sens vidée et laissée-pour-compte. C'est le cycle de la vie, je dois me dire chaque fois. Ma mémoire faiblit. Je ne peux pas toujours me souvenir de qui m'a habitée. Parfois je retombe en enfance. Le siècle passé me revient comme un fantôme. Dire que j'ai vu les rues se paver de bitume, les trottoirs d'abord construits en lattes de bois se fondre dans le ciment. Avec l'arrivée des automobiles, j'ai vu les parcs se faire ronger pour laisser la place aux stationnements. Il n'y a que la petite église anglicane construite en 1842, avant mon arrivée, qui ne m'a jamais fait défection. Juste en face, avec son beau parc.

Le crépuscule assombrit mes pensées. Il doit bien y avoir deux ou trois heures qu'ils sont partis. Reviendront bientôt, a-t-elle dit. Sur mon plancher, la poussière se roule en boule, les fils s'étirent comme des pieuvres sans corps. Les portes d'armoire encore pleines de nourriture sèche sont restées ouvertes comme des cornes d'abondance désordonnées. Je suis seule. Pour combien de temps? Vendue? Je ne sais pas. Et si je n'avais plus ma place? Si mon heure était venue? Demain, peut-être, les démolisseurs viendront-ils s'en prendre à moi comme ils l'ont fait avec tant d'autres maisons de mon âge?

Un bruit. Une clef dans la porte. C'est Érica, qui n'est plus aussi petite maintenant. Au moins treize ans. Sur le cadre de la porte qui donne sur le salon, on peut lire ses mesures depuis qu'elle a trois ans. Bien inscrites au crayon à mine. On ne les a pas nettoyées.

« C'est toi, Érica?
— Oui, c'est moi. »

Au même moment le téléphone sonne. Elle décroche et j'entends qu'elle s'adresse à sa mère, qui devait la prendre à sa descente d'autobus mais qui est retardée à l'autre maison.

« Je vais me prendre une collation dans l'armoire et regarder les murs vides. C'est pas très intéressant ici. »

Elle jette un regard inquiet et attend. La maison lui aurait-elle parlé? Je vois qu'elle tend l'oreille.

« Érica, que m'arrivera-t-il maintenant?
— Tu seras louée à une dame qui me semble gentille.
— Son nom?
— Mireille.
— Et toi?
— Moi, je vais habiter dans un gros bungalow des années soixante. Terrible. Je l'ai surnommé l'horreur boréale. Je ne voulais pas, mais il semble que c'est pour moi qu'on déménage. Je serais bien restée ici avec toi, mais ils en ont décidé ainsi.
— Je ne te verrai plus?
— Si. Mireille m'a dit que je pouvais venir tant que je voulais.
— On fait un dernier tour?
— Oui. Si on commençait par ma chambre? »

MARIE-PAULE
VILLENEUVE

NOTICE BIOGRAPHIQUE

Auteure du roman *L'Enfant cigarier*, Marie-Paule Villeneuve est originaire du Lac-Saint-Jean. Elle a étudié la philosophie et l'histoire à l'Université de Sherbrooke. Elle a fait ses débuts comme journaliste à la station de radio CKCH, de Hull, en 1980.

Depuis 1987, elle est adjointe au chef de pupitre au quotidien *Le Droit* d'Ottawa. De plus, elle travaille comme critique littéraire dans ce même journal. *L'Enfant cigarier* est son premier roman et se veut le fruit d'une longue recherche au Québec et aux États-Unis. Ses recherches sur le tabac l'ont menée dans plusieurs villes américaines. La préparation d'un mémoire de maîtrise en histoire à l'Université de Sherbrooke lui a donné l'occasion de recueillir une vaste documentation sur l'exploitation des enfants dans les usines de cigares au XIXe siècle. C'est ainsi qu'est né ce premier roman à saveur historique. Mariée au cinéaste Richard Elson, mère d'une adorable grande fille, elle participe à la production de documentaires à caractère social.

Premier titre publié par Québec Loisirs :
L'Enfant cigarier
Quatrième trimestre 1999

PHOTO : Josée Lambert

Appel de nuit
pour l'ambulance 466

Marie-Christine Vincent

Dimanche 2 janvier 2000, Saguenay, Québec.
Deux heures cinq minutes.

Le téléavertisseur retentit dans la chambre de Gabriel Tremblay, le tirant d'un léger sommeil sans rêves ni cauchemars. Voilà déjà quinze ans qu'une semaine sur deux il est appelé à toute heure du jour et de la nuit. Quinze ans déjà que, jeune et plein d'espoir, il a suivi la brève formation de technicien ambulancier.

En quelques secondes à peine, sorti des couvertures, Gabriel annonce sur son émetteur-récepteur qu'il est réveillé et demande l'adresse de l'appel, tout en enfilant pantalon, chemise, chandail.

Avec en tête une adresse de la Huitième Avenue, il enfile bottes et manteau d'uniforme avant d'ouvrir la porte qui le mène sur le perron de son appartement. La température nordique du Saguenay n'a aucune pitié pour les habitants de la région en ce temps des fêtes du nouveau millénaire. Le mercure avoisine les moins trente degrés Celsius et la poudrerie rend la visibilité quasiment nulle. Sans parler des quarante centimètres de neige reçus en soixante-douze heures et que les Saguenéens ne savent plus où mettre. Nettoyer les allées avec une pelle est devenu un exercice qu'aucun dos ne peut se permettre. Surtout pas celui de Gabriel.

L'air glacial l'avale alors qu'il ne prend pas la peine de verrouiller sa porte. Il sera de retour dans moins d'une heure. Aucun coup de balai sur le pare-brise du camion; les essuie-glaces devraient faire le travail. Seul son professionnalisme le pousse à répondre avec la même rapidité que dans ses premières années de travail. Le zèle, lui, n'y est plus depuis longtemps.

Il se dirige machinalement vers le bureau de son service ambulancier. Son esprit, parfaitement alerte, agite d'aussi sombres pensées que le phénoménal fjord du Saguenay, un jour de tempête.

Gabriel sait qu'il a vieilli sans faire attention à sa vie. Voilà pourquoi il s'est retrouvé dans une maison vide. Son épouse ne pouvait plus supporter d'être réveillée toutes les nuits par ses cauchemars ou par le téléavertisseur au timbre strident. Ses horaires de garde de vingt-quatre heures, les sorties annulées à la dernière minute, les activités des enfants qu'il devait souvent remettre, les nuits blanches, tout cela avait été trop difficile pour Line.

Le camion ne peut s'arrêter à un feu rouge, au coin du boulevard de la Sagamie et de la rue Alexis-Bouchard. Gabriel soupire de soulagement en constatant que la voie est libre. Le réseau routier est une véritable épouvante depuis le début de la tempête. Même pour un conducteur émérite tel que lui, la route sait encore réserver des tours pendables à ceux qui la bravent.

Peu de gens se rendent compte que les ambulanciers doivent sortir quand la majorité des gens préfèrent l'éviter. Lorsqu'il y a tempête, le nombre d'appels grimpe en flèche. Contrairement à ce qu'un proche d'un bénéficiaire avait affirmé un jour, non, les conditions routières ne sont pas plus faciles pour une ambulance que pour un camion sans gyrophare ni sirène. Un être humain est au volant, un homme ou une femme avec son stress, sa fatigue, ses craintes. En ajoutant à l'équation que l'urgence du cas change chaque fois et que la circulation n'est jamais la même, chaque appel ambulancier s'opère dans des conditions uniques.

Gabriel descend de son camion avant même d'avoir retiré la clé du contact.

Son partenaire, Étienne, arrive quelques secondes plus tard. Il habite pourtant plus près du bureau que Gabriel, mais il est encore capable de dormir profondément, lui. Le stress, l'angoisse, les cauchemars n'ont pas encore réussi à vaincre la fraîcheur de ses vingt-quatre ans.

— Ambulance 466 à la centrale, en direction du 734, Huitième Avenue, annonce Étienne.

— 10-04, 466, approuve le répartiteur. Un enfant de cinq ans est inconscient.

Il est deux heures douze.

Gabriel est au volant. Il sait que l'appel sera long. La Huitième Avenue est éloignée du bureau, encore plus du centre hospitalier.

Rarement a-t-il vu des conditions météorologiques si mauvaises. La poudrerie aveugle, le boulevard de la Sagamie est réduit à l'état de patinoire.

Sur son siège, Étienne est méditatif. Il travaille en compagnie de Gabriel depuis quelques mois à peine, mais il le connaît bien déjà. Il respecte ses humeurs, ses silences. Les rumeurs courent si vite dans une petite ville! Il y en a beaucoup sur Gabriel. Si elles sont diversifiées, toutes s'accordent pour dire que l'ambulancier est un homme triste, seul, rongé par ses trente-huit années.

— Sonia et moi avons visité une superbe maison. Je pense que nous allons nous gâter et nous l'offrir.

— Vous faites bien!

— Nous allons commencer par nous installer convenablement. Ensuite, on aimerait bien avoir un enfant...

— Je te souhaite que ça dure toute la vie, Étienne. Contrairement à moi.

Trouver l'adresse exacte est une prouesse; pénétrer dans l'allée non déblayée, en marche arrière, un exploit. Se rendre jusqu'à la porte avec la civière, une performance physique remarquable.

Une femme mince, plutôt jeune, décoiffée et vêtue d'une robe de chambre les accueille dans le noir. Il n'y a plus d'électricité chez elle depuis la fin de l'après-midi. Elle s'éclaire à l'aide de quelques chandelles et les ambulanciers allument leurs lampes de poche. La dame est paniquée. Elle tremble et les larmes coulent sur ses joues.

Les techniciens ambulanciers sont soulagés de voir l'enfant respirer. L'inconscience entraînant l'arrêt respiratoire, ils avaient craint de le trouver mort.

— Raphaël faisait de la fièvre lorsqu'il s'est couché. Je suis venue le voir en me réveillant pour m'assurer qu'elle avait baissé. Mais je l'ai trouvé comme ça...

— À quelle heure l'aviez-vous vu pour la dernière fois, madame?

— Minuit environ...

— Quels étaient ses symptômes?

— Fièvre élevée en soirée, maux de tête... Il était fatigué.

Étienne constate que le jeune garçon ne réagit à rien, même pas à la douleur. Il lui met le masque d'oxygène, par précaution installe le moniteur pour suivre son rythme cardiaque et observe son partenaire. D'un regard, ils conviennent que l'état est instable et qu'ils doivent transporter le jeune enfant le plus rapidement possible au centre hospitalier.

Gabriel estime qu'il faudra plus de vingt minutes pour s'y rendre.

— Est-ce que vous nous accompagnez à l'hôpital, madame Boudreau?

— Je vais vous rejoindre en voiture. Je dois attendre ma voisine, elle va venir surveiller mon autre fils qui dort.

— À votre choix. Soyez prudente sur la route! lui recommande Étienne.

La civière est installée dans l'ambulance. Étienne s'assoit à la gauche du jeune Raphaël. Gabriel s'assure que son partenaire n'a besoin de rien, attend son O.K. Dans un claquement brusque, il referme les portières arrière de l'ambulance, regagne le volant.

— Ambulance 466, 10-30.

— 10-04, 466.

Le transport doit être effectué rapidement, avec gyrophares et sirène, donc en code 10-30. Sur la console, Gabriel appuie sur « Gyrophares-fonction » et quitte la résidence de la Huitième Avenue.

Gabriel se souvient que c'était un autre soir de mauvais temps, quatre ans plus tôt, qu'il s'était blessé au dos. Son partenaire, un jeune homme sans trop d'expérience, avait été déséquilibré dans un escalier. Gabriel descendait de dos, tenant à la force de ses bras une civière de trente-cinq kilos et un patient qui devait bien en faire cent. Pour éviter de blesser son patient – professionnalisme, toujours –, Gabriel avait retenu sa charge. Résultat : une blessure dorsale qu'aucun médecin ne savait soigner, des mois de souffrance silencieuse et un handicap physique qui finirait par l'empêcher d'exercer son métier...

Et peu de gens l'avaient soutenu lorsque Line était partie. Sauf quelques copains. Ils avaient tenté d'en faire un gars de la *gang* : bars, bière, soupers arrosés s'étaient succédé à un rythme époustouflant. Il lui avait fallu des mois pour réaliser que sa vie n'avait plus de sens. Lui, fils d'un alcoolique, avait pris conscience qu'il vivait sept jours sur quatorze en fonction de la bouteille de vin ou de la caisse de bière qui lui permettrait d'oublier que son union était un échec, que les enfants n'étaient plus avec lui comme avant et qu'il avait un problème physique qui le handicaperait à jamais. Il avait vu que sa maison ne comptait qu'un petit lit pour ses deux enfants, qu'il ne leur avait acheté aucun jouet encore et qu'il avait perdu le respect de ses véritables amis.

Il avait repris sa vie en main, tant bien que mal. Il avait dû s'éloigner et repousser les gens qui se disaient des amis mais dont le seul but était de se faire payer une tournée. Ses véritables amis étaient perdus. Gabriel avait compris trop tard que tout être humain pouvait être méchant et irrespectueux lorsqu'il avait trop consommé.

L'horloge du tableau de bord affiche deux heures trente-cinq.

Soudain, une lumière éblouissante aveugle Gabriel. Il ne

comprend pas. Il agrippe le volant de ses deux mains, appuie le plus doucement possible sur la pédale des freins. Un accès de panique le saisit lorsqu'il réalise qu'un poids lourd vient dans sa direction, sur sa voie. Le son des klaxons se mélange à celui de la sirène de l'ambulance. Tout se fait rapidement. Gabriel ressent dans tout son être l'impact du camion contre son ambulance. Pendant ce temps, les images de son dernier Noël avec ses jeunes enfants défilent dans sa tête. N'avait-il pas promis à Catherine d'aller bientôt installer son nouveau lit?

Gabriel n'a pas eu la prudence de s'attacher.

Sa tête frappe la fenêtre du côté du passager, alors que le véhicule tombe dans le fossé, glisse quelques mètres sur la neige, avant de s'arrêter violemment contre un arbre.

Gabriel est étourdi. La tête sur le siège du passager, il reprend conscience pour réaliser que plus rien ne bouge autour du lieu de l'accident. Seuls les flocons, imperturbables, continuent de venir s'écraser contre les fenêtres.

Se relevant, Gabriel réalise qu'il a mal au cou. Sans soutien, il est incapable de redresser la tête, de la tenir droite et il a le souffle coupé. Technicien ambulancier, il sait de quelle blessure il souffre et un désagréable frisson parcourt son corps : il est atteint aux vertèbres cervicales! La paralysie le guette et sa vie est en jeu.

— Étienne! Étienne, réponds-moi! Étienne!

Aucun son ne s'élève de l'arrière de l'ambulance. Ni Étienne ni le jeune patient, Raphaël, ne répondent à l'appel.

La souffrance et la panique clouent Gabriel alors qu'il saisit sa radio, attachée à sa ceinture.

— 466. Nous avons eu un accident, un face à face. Il doit y avoir quatre ou cinq blessés dans les deux véhicules. J'étais sur le boulevard de la Sagamie, entre Notre-Dame et Lavoie.

— 10-04, ambulance 466. Comment allez-vous dans l'ambulance? On vous envoie immédiatement des secours.

— L'impact a été violent.

— La police m'avise qu'un patrouilleur sera là d'ici quinze minutes.

— C'est bien trop long!

— Une partie de la région est plongée dans le noir depuis douze heures et la route est impraticable.

— Et les ambulances?

— Je vous envoie toutes les ambulances disponibles des villes environnantes.

Gabriel abandonne son portatif. Il doit retrouver Étienne à l'arrière. L'adrénaline lui permet d'oublier la douleur et les risques qu'il court en bougeant son cou brisé. Les secours prendront un temps interminable; il ne peut rester ainsi sans savoir ce qui est arrivé à son patient et à son partenaire.

Il se glisse tant bien que mal dans le mince espace qui sépare la cabine avant de la boîte arrière.

Seul le moniteur cardiaque éclaire l'intérieur de l'habitacle. Gabriel le saisit, le dirige vers Raphaël et frémit. La civière a tenu bon, mais du matériel est tombé sur le pauvre bambin. Raphaël est inconscient, mais le moniteur indique que son cœur bat toujours. Automatiquement, Gabriel met les doigts sur son cou pour vérifier hors de tout doute qu'il a un pouls et se penche pour entendre sa respiration. Étienne est étendu sur le ventre à ses côtés, entre le banc et la civière, la bouche et les yeux ouverts.

C'est encore l'adrénaline qui pousse le technicien ambulancier expérimenté mais affolé à agir comme l'un de ses amis l'aurait fait. Étienne n'a plus de pouls et ne respire plus.

— Mon Dieu, aidez-moi, je Vous en prie, aidez-moi! Ne les laissez pas mourir, mon Dieu!

Puisqu'il n'y a pas une seconde à perdre, Gabriel, doté d'une force surhumaine, parvient à hisser son collègue sur le banc et l'installe sur le dos. L'ambulancier a fait place à l'ami, à l'homme qui veut sauver son copain. Tant pis pour les protocoles. Se retournant, il arrache brutalement les fils du moniteur sur

Raphaël et les place sur la poitrine de son collègue. Le tracé plat de l'appareil est sans pardon : Étienne est en asystolie. Mais Gabriel entreprend une manœuvre de réanimation cardio-respiratoire bien classique, de quinze poussées pour deux insuf-flations dans un cycle de soixante secondes. Il sait qu'Étienne a peu de chances de survivre, mais il doit toutes les mettre de son côté. Il le fait difficilement à une main, soutenant son cou de l'autre. Sa douleur est persistante et, sans soutien, elle devient intolérable.

Les pensées se bousculent dans la tête de Gabriel.

Quand a-t-il dit pour la dernière fois à sa fille Catherine et à son fils Louis qu'il les aime?

A-t-il déjà dit à Étienne qu'il aime travailler en sa compagnie et qu'il admire son savoir-faire?

Quelle est la dernière fois où il a profité de la vie et de ses beaux moments sans se soucier de ce qui se trouvait devant lui?

Après quatre cycles de RCR, Gabriel vérifie les signes vitaux d'Étienne. Il n'a toujours pas de pouls et ne respire pas. La bosse qui se forme sur son front démontre qu'il a dû encaisser un important choc à la tête. Le cerveau, organe sensible, risque d'avoir subi des lésions majeures.

Gabriel se tourne à nouveau vers Raphaël, qui semble avoir des signes de nausées. Il le détache de la civière, le place sur le côté pour dégager ses voies respiratoires, replace le masque d'oxygène sur son petit visage et, sans perdre une seconde, continue les manœuvres de réanimation pour sauver la vie d'Étienne.

Trois heures dix.

Lorsque la première ambulance arrive sur les lieux, Gabriel s'acharne encore sur la poitrine d'Étienne.

Son collègue l'immobilise sur-le-champ, lui met un collet cer-vical. Puis Gabriel ferme les yeux et se dissocie de la scène de l'accident. Il préfère s'imaginer avec ses enfants dans ses bras, loin, loin, dans le bon vieux temps où ils habitaient encore avec lui.

Dimanche 2 janvier 2000, Saguenay, Québec.

Quatorze heures cinq minutes.

Lorsque Gabriel reprend conscience, dans un couloir d'hôpital, c'est pour apprendre que la Grande Faucheuse est venue chercher une jeune vie en ce lendemain du premier jour de l'an 2000... Le décès d'Étienne a été constaté dès son arrivée à l'hôpital.

Rouvrant les yeux, Gabriel aperçoit la petite frimousse de son fils qui s'approche de lui...

MARIE-CHRISTINE
VINCENT

NOTICE BIOGRAPHIQUE

Née à Sherbrooke en 1979, Marie-Christine Vincent écrit son premier roman à l'âge de neuf ans : il s'agit d'une histoire destinée aux adultes, basée sur un téléroman de Lise Payette, *Les Dames de cœur*, et comptant plus de 400 pages!

Après cette première expérience, incapable de se passer de l'écriture, Marie-Christine continue de noircir des pages. Au moment où elle présente pour la première fois un manuscrit à un éditeur, à l'âge de 17 ans, elle a déjà écrit treize romans! À l'automne 1998, Les Éditions JCL de Chicoutimi publient *Mes amours au paradis*, juste à temps pour le dix-neuvième anniversaire de naissance de Marie-Christine.

Artisane de son propre rêve, Marie-Christine Vincent se lève tous les matins à 4 heures. Elle trouve ainsi le temps et la tranquillité nécessaires à la création de nouvelles péripéties, s'inspirant autant de ses nombreuses lectures que des faits divers dont parlent les journaux. À partir de 7 heures, Marie-Christine travaille à la garderie de sa mère. Elle compte bientôt retourner étudier afin de réaliser un autre de ses rêves : devenir ambulancière ou policière, professions où « l'entraide et l'apaisement de la souffrance humaine prennent tout leur sens », souligne-t-elle.

Premier titre publié par Québec Loisirs :
Mes amours au paradis
Deuxième trimestre 1999

PHOTO : Les Éditions JCL

En souvenir de Marthe

Marthe Gagnon-Thibaudeau n'occupe plus sa table de cuisine de Saint-Laurent à écrire, au stylo à bille, ses romans tant prisés par nos membres. Elle est partie. Aux premières gelées de novembre 1999.

Pour que son souvenir demeure à jamais gravé dans nos cœurs, nous avons obtenu l'autorisation de la revue *L'Infirmière canadienne* de publier un article paru en février 2000 et intitulé *Si l'important était ce qui s'en vient*.

Puisse ce texte nous rappeler le doigté spécial qu'avait Marthe pour atteindre nos fibres les plus sensibles.

Québec Loisirs

Si l'important était ce qui s'en vient

Marthe Gagnon-Thibaudeau

Quelle est cette contrainte qui assaille le malade et dégénère souvent en angoisse devant le mal qui le terrasse? Faut-il l'accepter, essayer de la comprendre ou lutter devant cette peur qui s'installe furtivement en lui. Se métamorphosera-t-elle en révolte de l'âme qui déteste subitement un corps devenu infidèle?

Et moi, que puis-je faire pour gagner la lutte contre cette enveloppe charnelle, pour l'aider, l'apprivoiser devant la torture morale qui émane de mon âme troublée, perturbée? Cette douleur de l'esprit qui s'ajoute à ma souffrance physique... mes pensées toujours aux prises avec le vécu de chaque minute qui passe et me font vaciller entre la confiance et l'espoir... ces instants prennent des dimensions disproportionnées et me font entrevoir l'inutilité de cette lutte qui ne remettrait pas de l'ordre dans ma vie future!

D'abord, je me suis tournée vers ce que je chérissais le plus au monde : ma famille, mes amis les plus intimes. Je n'étais pas seule, mais je demeurais la seule qui souffrait, qui gémissait, alors qu'eux s'éloignaient. Je dus freiner, faire taire ces sentiments de peur ou d'angoisse pour épargner ceux que j'aime. Mais le mal moral ou physique est là, même si parfois la médication m'aide à flotter un instant, me donnant un répit pour contrer le mal qui me crucifie. Puis, c'est le retour vers l'écrasante vérité traînant sa horde cruelle de réalités amères.

Tu sais maintenant que tu oscilles, que tu es prisonnier de ce corps qui ne peut t'offrir que de fausses promesses; que pour la première fois, il faut dire adieu à ton passé et apprendre à végéter. Orientation nouvelle alors qu'on réalise peu à peu que l'on est devenu la victime de soi-même.

Je cherchais de l'aide, du secours, puisant même à la source de la promesse de vie; en choisissant mon menu avec soin, j'espérais aider ce corps indiscipliné. Je compris que je m'étourdissais en occupant mes pensées.

Autour de toi, on te félicite, on parle de rémission du mal qui abdique. Le personnel est attentif, les tiens se taisent, t'écoutent. Tu as tant traversé d'obstacles : le chaos de l'urgence vers le service des soins intensifs, de l'oxygène aux intraveineuses, sondes, ultra-sons, solutés... Un jour, je refusai l'oxygène, espérant ainsi contrer la situation, rien à faire! Je survivais...

Vint le jour des balades en chaise roulante, d'un médecin vers un autre, le dossier en main; l'on écoute, l'on se penche avec douceur sur l'être terrassé, c'est la grande valse de l'empathie qui se joue sur un fond mélodieux de la victoire de la vie. Une vie qui me semble trop tenace!

Un soir, le sommeil ne venant pas, les yeux ouverts à fixer la lueur blafarde qui s'échappait de la veilleuse, j'ai compris... J'étais devenue un légume sans avenir. Effarée, le cœur palpitant, je plongeai dans le passé, je revis cette vie qui avait été mienne.

J'ai vécu sur quatre continents, j'ai fait à quelques reprises le tour du monde dans un sens et dans l'autre; certains souvenirs me donnaient des frissons de bonheur. Je pensai à ma carrière que je créai de toutes pièces, qui elle aussi traversa les frontières : c'était mon succès en tant qu'auteure. Je pensai à ma famille, à ceux que j'aime.

Apitoyée sur mon sort, j'éclatai en sanglots. Pour cacher ma peine, j'allai m'enfermer dans une chambre, j'étouffais mes pleurs à l'aide de tissus, j'étais devenue la victime de moi-même, mon corps me trahissait! Alors, je le détestai. Je fus soudainement prise d'un désir non en règle avec les normes de la morale, celui d'en finir.

Voulant discuter du sujet, je m'adressai à un médecin; il m'écouta avec empathie, cette capacité de comprendre à défaut d'avoir vécu l'épreuve pertinente. Une phrase me revint en mémoire :

« Il faut être un saint pour comprendre un malade. » Le pouvait-il? C'était mon credo, il avait le sien; il ne me fit pas de promesses, il me remémora que la vie est le plus précieux des biens, d'une valeur indéniable. Alors que moi, je deviens légume...

Je dus faire face à des psychologues, des psys qui logent dans une tour d'ivoire. « Mais toi, malade, tu ne seras jamais plus ce que tu étais. Toi qui aimais voyager, vivre intensément, faut-il accepter d'abdiquer, de prendre une dégringolade ou combattre encore? » Sous quel vocable, sous quelle loi? Humaine, chrétienne? Mots faciles à prononcer pour se disculper de ne pas agir, d'exprimer une certaine compréhension!

Si mon bonheur eût été moins grand, ma vie plus banale, parlerais-je ainsi? Mais qui donc mérite de souffrir? Dieu a créé la médecine, si on ose Lui prêter des intentions humaines; Il nous a dotés de médecins, d'infirmières compatissants.

Ma souffrance est grande, ainsi que mes supplications afin que l'on m'aide à y mettre un terme. Ce qui m'a valu, inconsciemment, de m'attirer une meute de grands spécialistes des problèmes humains, prolongeant ainsi, adroitement, le délai qui m'éloignait du désir de vouloir mourir.

Peu à peu, je repris confiance à mesure que pointait en moi une reconnaissance envers ceux qui se consacraient corps et âme aux soins des malades, et ce, depuis le plus modeste des employés jusqu'à la haute hiérarchie.

Ceux qui entourent le meurtri savent comprendre, se pencher sur le désespéré terrassé par le mal physique et moral. Ils écoutent avec douceur. Les infirmières et infirmiers sont les anges les plus proches de ceux qui souffrent. On les sait sympathisants; par leur attitude, ils savent atténuer les angoisses avec tact et douceur, les ramenant à une dimension plus positive.

Oui, le rôle du personnel médical et infirmier est difficile, accablant! Certains d'entre eux semblent doués ou dotés d'une vocation qui parfois va jusqu'à l'abnégation totale, travaillant de longues heures supplémentaires pour procurer les soins aux hospitalisés. Ils se font compréhensifs avec la famille des patients, savent écouter leurs craintes.

Cette phrase échappée que j'ai saisie au passage : « Pourquoi ne pas espérer? Et si l'important n'était pas ce que tu as vécu mais ce qui s'en vient? » Ces mots simples venaient d'accomplir le miracle. Je cessai de regarder ceux qui détenaient la science pour enfin comprendre qu'ils ne sont pas les maîtres absolus; alors je me tournai vers le Maître des maîtres de la vie.

« Vous, là-haut, qui avez tous les pouvoirs, à vous s'adresse ma prière : laissez-moi la vue, la mémoire, ma plume!

« Après toutes ces maladies graves qui auraient pu me coûter la vie, que j'ai acceptées l'une à la suite de l'autre, contre lesquelles j'ai lutté, je t'en prie, mon Dieu, fais-toi conciliant. Tu sais, à trois ans, on m'opérait pour une péritonite tuberculeuse; plus tard, je vécus cinq ans au sanatorium, je subis l'ablation d'un poumon, puis ce fut une tumeur au cerveau; à neuf reprises, j'ai été marquée du scalpel. Je cesse là le chapelet de mes doléances pour te crier aujourd'hui sur un ton péremptoire : viens me chercher avant que s'incruste en moi l'angoisse! »

Alors que je tentais de mordre à nouveau dans la vie à pleines dents, j'entendis prononcer les mots de l'évaluation gériatrique, ouf! La sénilité! Mais pas ça, grand Dieu. C'est le gouffre, c'est l'enfer, surtout pas ça! La sacro-sainte hiérarchie se lavera les mains... Je taxerais ainsi la vie des miens en leur transmettant ce que je voulais leur épargner?

« Toi, Seigneur, si Tu ne veux pas reconnaître mon mérite, récompense ma fidélité, ma soumission; de mon côté de la balance, mets en contrepoids mes souffrances. »

Pendant tout ce cheminement, j'ai aussi causé des chagrins alors que pour rien au monde je ne l'aurais voulu. Sans aigreur, mais avec amour et sincérité, j'ai confié mon désir de mourir à ma fille. Ses beaux yeux marron se sont voilés de larmes, sa main tenait la mienne, elle m'écoutait, refoulait ses pleurs.

À mon mari, j'ai épargné cette confidence. Aujourd'hui, au sein de ma famille, ma lutte personnelle continue. Un tableau de ce qui fut ma vie défile dans ma tête, mettant l'accent sur mes forces, mes faiblesses, mes craintes, mes peurs, mes appréhensions et mes espoirs, tout se bouscule au rythme de mes émotions. Je sais que je décline, parfois je refuse de l'admettre, je m'efforce de donner à tout ceci un sens plausible, je cherche autour de moi.

Soudainement, je compris que si j'avais fait ce cheminement, c'était grâce au dévouement du personnel hospitalier que je voyais œuvrer autour de moi, attentif, affable : un baume. Un baume sur ma souffrance; je ne suis plus seule pour lutter. Déjà, une manche de gagnée.

Chez moi, le carillon de l'horloge sonne les heures!

MARTHE
GAGNON-THIBAUDEAU

NOTICE BIOGRAPHIQUE

Rimouskoise d'origine, Marthe Gagnon-Thibaudeau a vécu une vie bien remplie. Après des études scientifiques et une carrière d'enseignante, elle entreprend sa course à travers le monde, vit en Europe, en Afrique du Nord, dans les Antilles, visite plus de cent pays, de l'Australie à l'Alaska, de l'Inde au Koweit.

Ses périples ne l'empêchent pas d'avoir une famille, de se tailler une réputation enviable dans le monde des affaires, de présider à la direction de ses trois compagnies. À l'âge de la retraite, elle fait un retour aux études; l'administration et le droit l'attirent.

Expérimentée, riche d'une vie intense, elle en vient à l'écriture. Douze années d'écriture, douze romans à succès, dont onze sont offerts en Europe et neuf repris par Québec Loisirs. Ses ventes totales dépassent les trois cent cinquante mille exemplaires.

Au début de 1996, une maison d'édition russe, *Panorama international*, a acheté les droits de traduction du cinquième roman de cette auteure, *Lady Cupidon,* qui avait été publié en 1991. C'était la première fois qu'une romancière québécoise était traduite dans cette langue.

Premier titre publié par Québec Loisirs :
Pure laine pur coton
Quatrième trimestre 1989

PHOTO : Les Éditions JCL

236